우연한 아름다움

우연한 아름다움

2020년 12월 22일 1판 1쇄 발행
2021년　2월 10일 1판 2쇄 발행

지은이　　　김건종
펴낸이　　　박래선
펴낸곳　　　에이도스출판사
출판신고　　제406-251002011000004호
주소　　　　경기도 파주시 회동길 363-8, 308호
전화　　　　031-955-9355
팩스　　　　031-955-9356
이메일　　　eidospub.co@gmail.com
페이스북　　facebook.com/eidospublishing
인스타그램　instagram.com/eidos_book
블로그　　　https://eidospub.blog.me/
표지 디자인　공중정원
본문 디자인　김경주

ISBN　　　979-11-85415-40-6　　03810

이 도서의 국립중앙도서관 출판예정도서목록(CIP)은
서지정보유통지원시스템 홈페이지(http://seoji.nl.go.kr)와
국가자료종합목록 구축시스템(http://kolis-net.nl.go.kr)에서 이용하실 수 있습니다.
(CIP제어번호: CIP2020050739)

우연한 아름다움

정신과 의사 김건종의 마음 낱말 사전

에이도스

"내가 나를 찾는 곳에서는 나를 발견하지 못하고,

오히려 우연한 기회에 내가 더 잘 발견된다."

몽테뉴,『수상록』

"아니면, 어떤 아름다움이 나를 극복할 것인가?"

윌리엄 셰익스피어,『에드워드 3세』

들어가며

젊은 시절 깊은 의미도 모른 채 도스토예프스키의 "아름다움이 세상을 구원하리라"라는 말을 좋아했다. 지인에게 생일 축하 카드를 쓰거나 책 선물을 할 때도 왠지 멋져 보여서 이 문장을 적어주곤 했는데, 돌이켜보면 참 부끄럽기도 하고, 또 그중 몇몇은 내가 고백하는 건가 착각했을 수도 있겠다는 생각이 든다. 그땐 어쨌든 뭔가가 세상을 구해야 한다면 이념 혹은 전쟁이나 돈보다는 아름다움이 더 낫겠다 싶기는 했지만, 어떻게 그리될 수 있는지 구체적으로 생각해본 적은 없었다.

나이가 들수록 아름다운 게 뭔지 점점 더 모르겠다. 예쁜 것이나 멋진 것이 뭔지는 대략 알겠고, 숭고한 것이나 심오한 것도 근근이 이해가 되는데, 여전히 아름다움은 오리무중이다. 그냥 조화롭고 우아하고 기분 좋은 것만은 아닌 것이, 아름다움은 대개 기쁨과 즐거움을 주지만, 어떤 때는 슬프거나 무섭거나 두려울 수도 있기 때문이다.

내가 아름다움에 대해서 알든 모르든, 아름답다고 느끼는 순간은 온다. 세상의 사건에 대해, 사물에 대해, 그리고 사유에 대해 '아!' 하고 외치고, 마음의 표면이 출렁이는 순간은 온다. 조금 지나면 출렁임은 가라앉지만 마음의 빛깔은 이전과 같지 않다. 알아챌 수 없을지 몰라도 물감 한 방울이 넓은 대야에 천천히 퍼지듯, 그렇게 아름다움에 닿은 마음은 전과는 다른 상태가 된다. 나는 영구히 변한다.

오래전부터 그럴 때마다 짧게라도 그 순간을 문장으로 옮겨서 기록해 놓으려고 했다. 워낙 느끼는 게 둔하고 그 느낌을 언어로 바꾸는 데도 더뎌서, 남아 있는 순간은 별로 많지 않고, 그나마 얼마나 남과 나눌 만한 의미가 있는지 알 수 없지만, 내게는 소중한 흔적들이다.

그렇게 십 년 넘게 천천히 모은 글들을 정리하여, 문장을 고치고, 또 새롭게 몇몇 순간들을 기록하여 이렇게 다시 책 한 권을 만들게 되었다. 너무 관념적이거나 비장해서 낯뜨거운 오래된 글도 있지만 이 역시 내 흔적이라 지우지 않고 남겨두었다. 아직도 아름다움이 뭐라고 확실히 정의내릴 수는 없지만 그 와중에 간신히 깨달은 것이 있다면 아름다움은 '만드는' 것이 아니라 '만나는' 것이라는 사실이다.

아름다움을 만든 건 내가 아니다. 그럴 지성이나 감성이 없어서가 아니라, 아름다움은 나와 세상이 만나야 비로소 발생하는 현상인 탓이다. 만남에 대해서 가장 깊이 사유했던 프루스트(그는 과자 한 조각을 홍차에 적셔 먹고 나서 그 만남에서 시작해 이십 년 동안 오천 페이지에 달하는 소설을 썼다)는 아름다움이 "우리가 머릿속에 그려볼 수 있는 어떤 최상의 유형이 아니라, 우리가 상상해볼 수 없는 어떤 새로운 유형"이라고 말했다. 아무리 최고로 정성을 쏟아 매만지더라도 나 혼자만으로는 아름다움을 만들지 못한다. 아름다움은 내 밖에서, 낯선 세상에서 오는 것이다(그러니 '당신 오늘 참 아름다워'라고 말할 수는 있지만, 자기 얼굴에 대해 아름답다고 말할 수는 없다. 예쁘거나 잘생겼다고 할 수는 있지만 말이다).

그래서 아름다움은 어쩌면 우연할 수밖에 없을 터이다. '내'가 계획하고 예측한 리듬 속에서가 아니라, 당신이 펼쳐내는 '우연한' 리듬 속에서 아름다움과 만나게 되는 탓이다. 모든 아름다움은 우연하다고 주장할 수 있을 것 같다. 그러니 항상, '우연한 아름다움.'

신기한 것은 내 마음이 만남에 반응해 동요할 때, 비로소 우리는 자신을 보고 알게 된다는 것이다. 내가 어떤 사람인지, 내 마음이 어떤 빛깔인지, 물속 깊은 곳에서 고래가 천천히 떠올라 수면 위로 문득 거대한 꼬리를 내밀듯, 그렇게 잠깐이나마 나를 일별한다. 외부 충격이 있어야 범종은 우릉우릉 소리를 낸다. 그때야 비로소 범종은 자신이 어떤 울림을 지니고 있는지 알게 될 것이다. 이처럼 아름다움과의 만남 속에서 비로소 우리는 자신을 만난다. 따라서 아름다움에 대한 기록은 외부 세상에 대한 것이지만, 결국 나를 알아가는 내적 탐험이다. 몽테뉴가 『수상록』에서 "내가 나를 찾는 곳에서는 나를 발견하지 못하고, 오히려 우연한 기회에 내가 더 잘 발견된다. 이렇게 써 나가다가 무슨 묘한 소리라도 내놓을지 모르겠다"라는 귀여운 하소연 속에 깊은 진실을 담을 때, 우리는 만남 속에서 아름다움이란 사건을 경험하고 이를 통해 나를 알게 되는 신기한 순환 속에 있다. 이 책은 그 미묘한 순환에 대한, 이 '우연한 아름다움'의 순간들에 대한 '묘한 소리'를 모아놓은 책이다. 그래서 심심하고 지루하다면, 세상 탓이 아니라, 나 때문이다. 몽테뉴는 앞의 문장에 이어 "필요한 때에 면도날을 가졌다면, 나는 내 글을 모두 긁어버렸을 것이다"라고 말했다. 나도 그 마음을 겨우 누른다.

2020년 가을, 단풍을 따라 북상하는 기차에서
김건종

차례

01
사건

02
사물

03
사유

01
사건

첫 기억

네다섯 살인 것 같다. 사 층인가 오 층쯤 되는 아파트에 이사를 간다. 아저씨들이 짐을 지고 어지럽게 드나든다. 나는 엄마에게 말하고 아파트 앞 작은 놀이터에 나가서 논다. 혼자 그네도 타고 시소도 타본다. 그러다가 다시 집을 찾아서 계단을 열심히 올라간다. 그런데 문이 잠겨 있다. 이상하다. 문을 두드리고 손잡이를 돌려본다. 우리집이 아닌 것 같다. 계단을 내려와 옆 건물로 올라가 본다. 거기도 아니다. 어딘지 모르겠다. 길을 잃었다. 가슴이 철렁 내려앉으면서 불안해지기 시작한다. 무섭다. 어쩔 줄 모르고 몇 번을 더 이 건물 저 건물 오르내린다. 우리집을 찾을 수 없다. 다시 놀이터로 돌아와 울고 있는데 삼촌이 나를 찾아냈다. 여기서 뭐하느냐고 묻는다. 깊은 안도감과 오랫동안 두근거림으로 남은 불안.

　알프레드 아들러는 첫 기억이 한 사람의 삶 한가운데를 흐르는 핵심 주제와 연관되는 경우가 많다고 했다. 외래에서도 고민하시는 문제가 깊은 심리적 세계와 연관되어 있는 것 같으면 첫 기억을 묻곤 한다.

"사람마다 기억을 거슬러 가다보면, 아 이게 내 인생의 첫 기억이구나, 하는 순간을 만나게 되는데요. … 그런 첫 기억은 무엇인가요? 기억이 희미하거나 꿈인 것 같거나, 남 이야기를 듣고 상상한 것 같아도 상관없어요."

첫 꿈에서(이것이 기억인지, 꿈인지, 환상인지 나는 여전히 구분하지 못한다) 드러나는 불안의 형태들을 여전히 내 안에서 만난다. 집으로 돌아가고 싶지만 새로운 탐험을 해보고 싶기도 하고, 완전히 돌아오지 않았지만 그렇다고 멀리 떠나지도 못한, 내 삶을 농축한 너무도 적절한 은유가 이미 첫 기억에 있다. 나는 첫 기억에 휘둘리고 있는 것일까, 아니면 내가 휘둘리는 것들을 첫 기억이라는 형태로 꿈꾸는 것일까?

눈맞춤

초등학교를 졸업하고는 대학교 갈 때까지 또래 여자아이들과 이야기 한 번 나눠본 적이 없었다. 남중에 남고를 졸업한 데다가, 나름 순진했고, 심지어 학교에는 여선생님조차 없었다. 그러다 보니 대학교에 입학해서 처음 엠티를 갔는데, 여학생들과 이야기 나누는 것이 참으로 어색했다. 눈 맞추는 것도 불편해서 금방 시선을 돌리고 어물거리며 말을 하곤 했고, 얼마 동안은 남자들이랑만 놀았다.

이후로 세월이 흐르면서 조금씩 눈 맞추는 일 때문에 스트레스 받는 일은 줄어들었지만, 여전히 눈 맞추는 것이 불편한 사람들이 있다. 전에는 내 소심함이나 불안의 문제라고만 생각했었는데, 어느 날 생각해보니 그럴 리 없다.

물론 눈맞춤을 너무도 어려워하는 사람이 있고, 눈맞춤을 못 하는 사람도 있다. 메리 아이어스는 생애 초기 냉담하거나 불안정한 엄마와의 관계에서 시선에 대한 공포가 생긴다고 말한 적이 있다. 이들은 성인이 되어서도 마음속 깊은 수치를 타인에게 투사하면서 눈맞춤에 심한 불안을 느낀다. 거울에서 너무 못난 자신을 보는 것이다. 그래서 항상 고개를 숙이고 다닌다. 반면 자폐적 성향이 있는 사람들은 눈맞춤의 의미와 필요성을 이해하지 못한다. 타인의 감정과 반응을 이해하는 가장 예민한 창인 눈의 의미를 해석하는 뇌가 기능하지 못하는 것이다. 이들은 불편할 정도로 빤히 눈을 쳐다보기도 하고, 눈을 정확하게 바라보지 못하고 얼굴의 다른 부분을 멍하게 쳐다본다. 거울을 봐도 자신에게 별로 관심이 없다.

하지만 그 중간의 대부분은 타인의 눈에서 거울처럼 자신의 마음만 비춰보는 것은 아닐 것이다. 반투명의 거울처럼 내 마음 반, 상대 마음 반이 서로의 눈에 비치면서 우리는 파랑과 빨강이 겹쳐 보라가 되듯 동요된 시선 속에서 서로 만난다.

정신분석에는 '투사적 동일시'라는 개념이 있는데, 이는 한 사람이 상대에게 저도 모르게 자신의 감정을 넘겨주는 과정이다. 예를 들어 한 남편이 아내는 밖에서는 아주 관대하고 좋은 사람인데, 이상하게도 자신에게만 냉담하고 까칠하다고 하소연했다. 부부치료 회기에서 아내를 만나 이야기 들어보니, 자기도 왜 그러는지 모르겠다고, 남편을 이해하다가도 어느 순간 자신도 모르게 짜증이 나서 견딜 수 없다고 한다. 남편은 아내가 정색하는 것 같으면 또 싸울까 봐 불안해지고 또 억울하기도 하여 그냥 말문을 닫고 헤드폰 쓰고 게임을 한다고 했다. 막내아들이었던 남편은 항상 예민하고 화를 쉽게 냈던 어머니 때문에 집에서는 항상 긴장하고 있었다고 회상했다. 마침내 알게 된 것은 남편은 아내가 정색할 때마다 오래된 불안과 분노가 올라왔지만 이를 감당할 수 없어 이 감정들을 저도 모르게 아내에게 넘겨주고 있었던 것이다. 분노는 위험했기에 아내에게 넘겨주고, 자신은 결국 피해자 역할을 맡고 있었던 것이다. 이러한 미묘한 상호작용의 대부분은 비언어적으로 이루어지며, 여기 가장 중요한 역할을 하는 것이 바로 눈맞춤이다. 찰나의 순간 수많은 감정들이 눈을 통해 넘나드는 것이다.

위니코트는 "많은 것들이 눈을 통해 안으로 들어올 뿐만 아니라 눈을 통해 밖으로 배설된다"고 말했다. 그렇게 우리는 눈으로 수많은 말을 하며 강렬한 감정을 분출한다. 슈퍼맨이 눈에서 나오는 레이저로 적을 공격하는 게 우리는 별로 황당하지 않다. 눈빛의 공격을 당해본 적 없는 자, 눈빛에 매혹되어 본 적이 없는 자 누가 있으랴.

미용실

두 달에 한 번쯤 미용실에 간다. 삼십 분이면 되는 일이지만 시간
내는 게 쉽지 않아서, 항상 한 주 한 주 미루다가 머리카락이 눈을
찌르기 시작하면(요새는 앞머리가 듬성듬성 비어 보이는 것이 심해지는 것
같으면) 겨우 날짜를 잡는다. 벌써 사십 년 넘게 미용실을 다니는 셈
이지만, 항상 이 공간은 미묘한 긴장감을 일으킨다. 뭔가 어색하고
불편한데, 그래서 싫은가 하면 또 그건 아니다.

우선 거울 앞에 앉아 내 얼굴을 몇십 분 동안 계속 지켜봐야 한
다는 문제가 있다. 원래 거울을 잘 안 보는 편이고, 면도할 때 코밑
이나 들여디보지 세수할 때도 낯을 살 안 살피는데, 반짝반짝 닦인
거울 앞에 앉아 환한 형광등 불빛 아래서 얼굴을 계속 들여다보고
있는 일은 참 어색하다. 새삼 들여다보면 내 얼굴은 머릿속으로 생
각하는 것처럼 생겨먹지 않았다. 어느 날은 더 시커멓거나 초췌하

고, 어느 날은 더 못생겼고(그러고 보니 생각보다 더 괜찮은 날은 별로 없는 것 같다. 그러니까 대부분 생각 속의 내가 실제 나보다 좀 낫다. 이러한 과대성은 심리적 건강함의 징표라고 스스로 위로한다) 무엇보다 참으로 낯설다. 나인 게 분명한데, 타인보다 더 낯선 불편함이 있다. 그래서 당연히 졸린 것처럼 눈을 감아버린다. 머릴 거의 다 깎을 때쯤 되면 어떤지 한번 보라고 해서 눈을 떠야 하는데, 어차피 안경을 쓰고 있지 않아서 뵈는 것도 없으니 그냥 살피는 척 건성으로 고개를 끄덕끄덕한다.

낯선 타인이 가까이 다가와 내 머리를 만진다는 사실도 낯설다. 사회에서 머리를 만지는 것은 아무나 해도 되는 일이 아니다. 어릴 땐 어른들이 머릴 쓰다듬으며 예쁘다 착하다 말 걸어도 되지만, 성인이 된 이후에 내 머리를 만질 수 있는 사람은 가족 아니면 연인밖에 없다. 머리를 만지는 행동은 상당한 친밀함을 전제로 하는 것이다. 그래서 낯선 사람이 날카로운 가위—언제든 흉기로 돌변할 수 있다—를 들고 무방비 상태인 내 뒤에 서 있다는 불안과 그 사람이 아무렇지도 않은 듯 내 머릴 쓰다듬고 만진다는 친밀함이 뒤섞여, 설렐 필요도 없고 불안할 필요도 없지만, 이상하게 설레기도 하고 불안하기도 한 기묘한 기분이 된다.

고개를 뒤로 젖히고 머리를 감을 때, 이상한 기분은 정점에 이른다. 초등학교 이후로 내 머리를 감겨주는 사람은 미용실 실장님뿐이다. 항상 욕실 바닥에 쭈그려 앉아 스스로 머릴 감는데, 두 달에 한 번 실장님은 마치 한 살 때 엄마가 해주셨던 것처럼 날 반듯이

눕히고 머릴 만져준다. 이 퇴행적 만족감과 긴장감은 미용실 갈 때가 되면 이상하게 혼자 몰래 설레는 이유이다.

목욕탕

목욕탕 가는 것을 좋아한다. 몇십 년째 가는 것이지만, 이상하게 매번 약간 설렌다. 밥 먹는 게 질리지 않듯, 잠자는 것이 귀찮지 않듯, 목욕하는 일은 내게 생존을 위한 근본적 욕구에 속하는 것인가 싶을 정도이다.

신발을 벗고 들어가 옷을 하나하나 벗는다. 대충 씻고 뜨듯한 탕에 들어가 한숨을 내쉰다. 아이들이 어릴 땐 행여 넘어질까 물에 빠질까 졸졸 따라다녀야 했지만, 이젠 애들은 마음대로 놀라고 냉탕에 넣어놓고, 총각 때처럼 혼자만의 시간을 즐긴다. 물 속 육체는 공기 속에 있을 때보다 가벼워서 출렁출렁 손끝으로 몸을 띄워본다. 멍하게 천장을 쳐다본다. 생각이 비온 뒤 동네 하천처럼 와글와글 흐른다. 어떤 생각은 파도처럼 자꾸 되돌아온다. 이미지와 문장들이 흘러나와 제멋대로 수초처럼 흔들리며 뒤엉키는 것을 건드리지 않고 바라본다. 이 아무것도 하지 않는 순간에는 뭔가 미묘하고 나른하고 심오한 즐거움이 배어 있다.

멍 때리는 것이 여러모로 우리 정신에 이롭다는 것은 이제 상식이 되었다. 특정한 대상(요즘에는 대개 핸드폰일 것이다)에 집중하지 않고 멍하게 있을 때 우리 뇌는 마냥 쉬지 않는다. 여러 연구들에 따르면, 그렇게 아무것도 하지 않을 때, 신기하게도 뇌의 특정한 영역이 활성화되는데 이는 쉽게 닳고 무뎌지는 우리의 집중력을 회복시키고 창조적 사고를 촉진한다고 한다.

그런데 점점 더 멍 때리는 일이 어렵다(그래서 멍 때리기 대회도 생긴 모양이다). 삶이 바쁠 뿐 아니라, 핸드폰이 우리에게 있기 때문이다. 예를 들어 방금도 위의 문단을 쓰다가 잠깐 컴퓨터가 멈춤 상태가 되었는데, 나는 아무 생각 없이 핸드폰을 들어 오늘의 야구 소식을 훑어보았다. 그래서 핸드폰을 가지고 들어갈 수 없는, 이제는 얼마 남지 않은 장소가 된 목욕탕은 강제로 쉴 수 있게 도와주는 더욱 소중한 곳이 되었다.

실제로 최근 내 삶에서 중요한 결정들은 다 목욕탕에서 이루어졌다. 봉직의를 그만두고 개원을 하겠다는 결심은 바다가 보이는 집 근처 목욕탕의 따뜻한 물속에 앉아 있을 때 떠올랐다. 막연하게 생각하던 것을 그 순간 결정해 버렸다. 충동적이라고 하기에는 여러 가지 욕구와 감정이 한 지점에서 딱 만난 것 같은 확고한 느낌이 있었다. 의원 자리는 두 주일 만에 결정해서 계약해놓고, 의원 이름을 정하지 못해 두 달을 고민했는데, 애들 씻겨 내보내고 잠깐 드러

누워 있던 집 욕조에서 전에 생각했다가 별로인 것 같아서 밀쳐놨던 이름이 다시 훅 마음에 들어왔다.

목욕물에 대해 자궁이니 양수니 운운하는 것은 상투적이지만, 아니라고 하기엔 너무도 분명한 일치점이 있다. 온몸을 감싸는 따듯한 감촉, 원시적인 포근함이 주는 깊은 만족감. 어머니에게 담겨 있고 안겨 있던 순간의 재경험. 이 아득한 만족감이 물리지 않는 이유는 우리가 삶을 얻었던 태초의 상태를 재경험하기 때문인지도 모르겠다. 거의 대부분의 종교와 신화에서 물이 탄생(그리고 죽음)과 연관되는 것도 여기 닿아 있을 터이다.

목욕탕을 나와 바람에 피부를 말린다. 터벅터벅 걸어 다시 집으로 되돌아간다. 일상에서 빠져나와 씻김의 순간을 거쳐 다시 일상으로 돌아가는 주말 저녁의 루틴을 통해 우리는 저도 모르게 삶을 조금은 새롭게 탄생시키고 있는 것은 아닐까. 그래서 우리 모두가 꾸역꾸역 주말이면 목욕탕으로 몰려가고 있는 것은 아닐까?

응시

라캉은 『세미나11』에서 '응시'라는 주제를 오래 들여다본다. 젊을 때부터 라캉은 응시가 우리가 한 사람의 주체가 되는 데 원초적으로 중요한 사건으로 보았다. 그의 거울 단계 이론에서 내가 나라는 것을 처음 인식하는 것은 거울 속에서 나를 응시하는 순간이다(당연하게 제기되는 '거울이 없으면 어떻게 됩니까?'라는 질문에 라캉은 최초의 거울은 엄마의 눈동자라고 말했다).

갓 태어난 아이는 오감이 흐릿한 상태다. 적당한 시간이 흘러야 아이는 보고 듣고 냄새 맡고 만지는 능력을 발달시킨다. 시각의 경우 초점 거리가 이십 센티미디 징도라서 딱 그 정도에 있는 사물만 명료하게 지각할 수 있다. 신기하게도 엄마가 아기에게 젖(혹은 분유)을 먹이려고 품에 안으면, 아기와 엄마의 눈 사이 거리가 (예상했겠지만) 이십 센티미터 정도가 된다. 아기의 시각은 엄마의 눈을 바라보기 위해서 생래적으로 조율되어 있는 것이다.

아기가 눈으로 바라보는 최초의 것은 그러므로 엄마, 엄마의 눈, 엄마를 보는 나를 바라보는 사랑으로 가득한(슬프게도 가끔은 그렇지 못한) 눈이며, 그 검은 눈동자에 비친 자신의 모습이다. 그리고 그것이 아기에게는 세계 자체이다.

주체는 이렇게 바라본다는 행동으로 시작되고, 그만큼 응시는 복잡하고 깊은 감정을 불러일으키는 행동이다. 사랑하는 사람들이 서로의 눈동자를 들여다볼 때, 세상이 멈춘 듯 둘은 깊은 신뢰 속에서 서로의 깊은 존재에 닿는 경험을 한다. 어떤 면에서 우리는 이때 일시적으로 서로가 서로에게 아기가 되는 순간으로 퇴행하고 있는 것인지도 모른다.

찰스 퍼니휴는 "인간 이외에는 어떤 동물도 서로를 오랫동안 응시할 수 없다"라고 썼다. 어쩌면 눈을 서로 바라보며 수유하는 동물이 인간밖에 없기 때문일 것이다. 하지만 동물들이 서로 응시하는 잠깐의 순간들이 있는데, 이는 상대를 위협하거나 한번 싸워보자고 도발하는 행동이다. 인간 사회에서도 친밀하지 않은 관계에서 응시는 불안, 불쾌, 위협과 연관되기에 적절한 눈맞춤 방식에 대한 직관적 합의가 존재한다. 쉽게 말해 너무 오래 빤히 쳐다보는 것은 예의가 아닌 것이다.

응시의 불안은 일상적 불쾌의 수준을 넘어 더 깊어질 수 있다. 그리스 신화에서 사람들은 메두사의 얼굴을 보면 돌이 되어버린다. 영웅 페르세우스는 "메두사로부터 시선을 돌린 채, 청동 방패를 응시하며 그 속에서 고르곤의 모습을 보고 그녀의 머리를 베었다."[1] 흥미로운 것은 메두사라는 이름의 어원이 '여왕'이라는 것, 그리고 메두사가 죽을 때 임신 중이었다는 사실(페가소스와 크리사오르가 태어난다)이다. 이로부터 메두사 신화는 어떤 순간 갓난아기가 경험한 뱀처럼 차갑고 무서운 엄마가 상징화된 것일 수 있다는 생각에 다다른다.

이렇게 어떤 시선은 사람을 얼어붙게 만들고, 죽게 만들 정도로 두려울 수 있다. 망상의 가장 흔한 형태인 편집적 망상에서 사람들은 전형적으로 누군가 자신을 지켜보고 있는 것은 아닌지 두려워한다. 창문 밖에서 누가 들여다보고 있는 것은 아닌지, 왜 집 앞에 주차된 차에 사람이 앉아서 자꾸 나를 지켜보는지, 방에 CCTV가 설치된 것은 아닌지, 내 SNS 아이디를 해킹해서 내가 몰래 남기는 글까지 누가 지켜보고 있는 것은 아닌지. 이러한 형태의 불안에서 근본적 주제는 '누가 나를 보고 있다'는 것이다. 주체를 만드는 가장 기초적 기제가 주체를 위협하는 가장 근본적인 불안이 되는 것이다.

응시, 두 번째

모 미술관에서 로스코의 그림을 처음 맞닥뜨렸을 때의 충격을 아직 잊을 수 없다. 매혹 속에서 몇 분간 멍하게 그 앞에 서 있다가, 나도 모르게 주변을 두리번거렸다. 이 그림을 당장 떼어가려면 카메라와 경비원 위치부터 확인해야겠다 싶었던 것이다. 로스코의 그림을 가만히 앉아 오래 바라보고 있으면 이상하게 어느 순간부터 내가 저 이미지를 바라보는 것이 아니라, 저 이미지가 확장된 어떤 특정한 공간 속으로 내가 들어 옮겨진 것처럼 느껴지고, 그러다 보면 내가 아니라 저 이미지가 나를 바라보고 있는 것 같다는 느낌이 든다.

보는 행위뿐 아니라 '보여지는(being seen)' 것도 우리에게는 중요하다. '보여진다'는 것은 편집적 불안의 주제가 되기 이전에 절박한 실존적 욕구에 속한다.

둘째아들은 마당에서 줄넘기 연습을 하면서 자꾸 아빠를 부른다. "아빠 이것 봐", "아빠 이거 봐, 두 번 연속 했어", "아빠 방금 나한 거 봤어?" 아빠가 보고 있을 때는 눈을 반짝이며 뿌듯해하다가, 방금 세 번 넘은 걸 아빠가 보지 못했다고 하니, 마치 세 번 넘은 적이 없다는 듯, 세 번 넘은 게 아무 의미 없다는 듯 실망한다. 위니코트는 이렇게 말했다.

"내가 보여진다는 것을 내가 바라볼 때 나는 존재한다."[2]

응시, 세 번째

응시를 아버지의 방식과 어머니의 방식으로 나누어볼 수도 있다. 영화 〈박쥐〉에서 박찬욱 감독은 드라큘라 이야기 안에서 응시의 문제를 깊이 성찰한다. 주인공 상현(송강호)이 아버지처럼 모시는 신부님은 눈이 멀어 아무것도 볼 수 없다. 신부가 영생을 얻고 시력을 되찾으려는 순간 상현은 아버지를 죽인다. 마치, 아버지의 응시가 시작되면 자신이 어떤 행동도 할 수 없게 될 거라는 듯이. 여기에서 상현이 두려워하는 것은 아마도 관찰하고, 판단하고, 명령하는 응시의 방식, 아버지의 응시일 것이다(철학자 미셸 푸코가 근대 문명의 상징으로 보았던 파놉티콘은 아버지가 응시하는 방식이 현실화된 것이라 말할 수 있을 것이다).

어머니의 응시는 다르다. 뇌졸중으로 사지가 마비되고 오로지 응시만 남은 시어머니를 상현과 태주(김옥빈)는 흡혈귀가 되어 폭주

하는 와중에도 마지막 순간까지 모시고 다닌다. 둘은 행동을 위해서, 살고 죽기 위해서는 누가 바라봐줘야 한다는 듯, '보여지는' 게 필요하다는 듯 항상 어머니가 바라보는 자리에서 행동한다. 하지만 결국 그 냉랭한, 어떤 감정도 담겨 있지 않은 응시(영화에서는 뇌졸중 때문이라고 설명한다. 하지만 이는 아마 감정적으로 차가운 엄마를 의미할 것이다)를 견딜 수 없다는 듯, 상현과 태주는 어머니의 응시와 햇볕 사이에서 소멸한다.

이렇게 말해 볼 수 있지 않을까? 아버지의 응시 속에서 '어떤 인간이 되느냐'는 문제가 제기된다면, 어머니의 응시 속에는 '인간이 되느냐 마느냐'의 문제가 걸려 있다고.

추락

거의 백 년 전 만화인 〈톰과 제리〉에서부터 지금의 〈뽀로로〉에 이르기까지, 만화에서 캐릭터들은 공중에서 바로 추락하지 않는다. 톰을 쫓다가 지붕에서 발을 헛디딘 제리는 잠시 그 자리에 멈춰 섰다가 생각난 듯 아래를 내려다본다. 자신이 허공에 있다는 것을 깨달은 후, 마침내 떨어진다. 뽀로로와 친구들도 악당에게 쫓겨 요새의 길 없는 문을 열었다가, 공중에 잠깐 서서 발밑을 확인하고 드디어 떨어지기 시작한다. 마치 자신이 허공에 있다는 것을 알지 않으면, 중력은 작용하지 않는다는 듯이.

신기하게도 어느 누구도—아이도 어른도—이러한 추락을 불편해하지 않는다. 이는 우리 모두가 한때 이러한 세계에 거주했기 때문일지도 모른다. 의식하지 않으면 존재하지도 작동하지도 않는 '주관적 세계.' 마음먹기에 따라서 중력까지도 흩어버릴 수 있는 전능한 세계. 우리는 이러한 주관적 세계에서 천천히 빠져나와 객관적 현실을 조금씩 받아들이면서 어른이 된다. 하지만, 이 흔적은 언제나 마음 한구석에 남아 있다.

명절 때면 온 가족이 모여서 마술쇼를 보면서 신기해하는 이유도, 마음먹기만 한다면 무엇이든 이룰 수 있다는 신비주의적인 자기계발서들이 수만 권씩 팔리는 이유도, 우리 모두의 마음 바닥에 있는 이 쉽게 떨칠 수 없고 버리고 싶지도 않은 환상 때문일 것이다.

혹은, 사랑하는 남편이 갑작스러운 병으로 세상을 떠나자 가족들만 모여 작게 장례식을 치르고, 주변 사람들에게 남편이 여행을 잠깐 간 거라고 거짓말하면서 스스로도 자신이 왜 이러는지 모르겠다고 눈물을 흘리는 미망인의 마음 역시 여기 닿아 있을 것이다. 죽었다고 말하기 전에는 죽지 않을 것이라는 믿음.

잠

다른 대부분의 주제가 그렇듯, 잠에 대해서도 셰익스피어보다 더 생생하게 묘사한 사람을 찾는 것은 어려울 것이다.

아, 천진난만한 잠이여,

근심 걱정의 엉킨 실타래를 풀어주는 잠이여,

매일매일의 죽음인 잠이여,

힘겨운 노동 뒤의 목욕이여,

마음의 상처를 아물게 하는 약이여,

대자연이 언제나 준비하고 있는 은혜여,

이 세상 향연의 최고 자양분인 잠이여….[3]

감히 셰익스피어님께 반항하면서 여전히 사당오락이라는 둥, 일곱 시간이나 자다니 게으르다는 등 잠을 인생의 방해꾼처럼 생각하시는 분들이 계시지만, 여러 연구들은 하나같이 충분한 잠이 뇌와 몸과 마음의 건강을 위해 필수적이라는 것을 증명하고 있다. 예를 들어 수면 시간이 하루 일곱 시간보다 적으면 기대수명 자체가 줄어든다. 또한 잠이 단기 기억을 장기 기억으로 변환하는 데 필수적이라는 사실이 밝혀지면서(한 연구에서는 영국 고등학교에서 시험 전날 밤새는 그룹, 세 시간 자는 그룹, 여섯 시간 자는 그룹의 성적을 비교했고, 예상대로 여섯 시간 자는 그룹의 성적이 가장 좋았다), 사당오락을 주장하는 시대착오적인 고등학교 선생님들이나 학부모님께 할 말이 생긴 건 다행이다(고등학교 때 일곱 시간씩 자는 게 왜 그렇게 죄스럽던지. 지금 생각하면 억울하다).

정신분석가 윌프레드 비온은 잠이 필수적인 한 가지 이유는 깨어 있는 동안 가질 수 없는 감정적인 경험들을 가능하게 하기 때문이라고 말했다. 우리가 어떤 행동을 하거나, 어떤 말을 듣거나, 어떤 사건을 겪을 때 바로바로 그것이 우리 삶의 일부가 되지는 않는다. 그 사건이 마음으로 처리할 수 있는 형태로 바뀐 후에야 우리는 거기에 의미를 부여할 수 있고, 감정을 느낄 수 있다. 그래야 비로소, 그 경험이 내 삶의 일부가 된다. 비온은 그러한 일이 상당 부분 잠 자는 동안 일어난다고 말한다.

그러니 잠을 자지 못하면 우리는 전날과 같은 사람에 겨우 머무르지만, 한숨 푹 자고 일어나면 전날과 다른 사람이 된다. 말 그대로 새롭게, 새로운 기억과 감정으로 깨어나는(태어나는) 것이다.

아들

큰아들이 막 걷기 시작할 무렵 쇼핑몰에 간 적이 있다. 다른 사람들
은 신발 구경하는 사이, 나랑 둘이 산책하다가 에스컬레이터에서
녀석이 넘어져 얼굴을 긁혔다. 상처가 크진 않았는데 왼쪽 눈 밑이
깊이 파여서 응급실에 데려가서 꿰매고 오느라 다섯 시간을 고생했
다. 그날 밤 당연하게도 아들을 다치게 했다는 죄책감에 속상한 마
음으로 잠이 들었다. 새벽에 모기가 어깨를 몇 방 물어서 간지러워
서 깼는데, 잠에서 빠져나오는 사이 간지러운 내 살과 아들의 상처
가 겹쳐서 무의식적으로 이렇게 긁으면 탈나는데 긁으면 안 되는데
깊이 불안해하며 걱정했다. 내가 이토록 아들과 동일시를 하고 있
었구나, 마음 깊은 곳에서는 아들과 나의 상처를 구분하지 못하는
구나 싶어 깨어나서 흠칫 놀랐다.

아버지와의 동일시를 통해 아이들이 세상 속으로 들어온다고 말

했던 것은 프로이트였다(오이디푸스 콤플렉스). 그러나 아버지는 아들과의 동일시(역오이디푸스)를 통해 새로운 삶의 설렘을 얻는다. 아들은 오이디푸스 콤플렉스를 통과하면서 무엇이든 할 수 있는 자신만의 왕국을 잃고 타인과 함께하는 세상을 얻지만, 아버지는 잃는 것 없이(뭐 약간의 잠과 여유와 돈을 잃기는 한다) 내가 죽어도 계속되는 새 삶을 얻는다. 이게 이렇게 남는 장사다.

쎄쎄쎄

일요일 낮에 쉬고 있으니 두 아이가 문득 '쎄쎄쎄'를 한다. 마주보고 앉아 눈을 맞추고 시작한다. 서로 손바닥을 마주치고 손등을 가볍게 맞닿는다. 하다 보니 자꾸 틀리고, 속도도 느린데, 이상하게 둘은 너무 재미있다는 듯 환하게 웃는다. 그러면서 다시 순서와 속도와 리듬을 맞춰나간다. 말이 필요 없이 눈빛과 움직임만으로 서로 교감하고 상응하는 기쁨. 우리가 타인과 같은 리듬 속에 있을 때 느끼는 이 행복한 일치감. 마치, 초겨울에 남쪽으로 날아가는 철새들이 공중에서 동시에 방향을 바꾸듯. 혹은 BTS가 공중으로 함께 뛰어올랐다가 동시에 탁 내려서듯.

낚시

본과 다닐 무렵, 시간이 날 때면 낚시를 많이 다녔다. 지금은 새만금 방파제가 생겨 육지와 연결되고 관광객도 많이 찾는 모양이지만 그때만 해도 선유도를 찾는 사람은 거의 없었다. 친구와 며칠씩 밤늦게까지 섬과 섬을 연결하는 높은 다리 위에서 낚시를 했다. 그렇게 놀래미도 잡고 우럭도 잡아서, 회 쳐서 먹고, 매운탕 끓여먹고, 라면에 넣어먹고, 소금 뿌려 볕에 말려서 구워먹기도 했다. 그때, 이십대 초반 젊은 시절의 딱딱한 문체로 나는 이렇게 적었다.

낚시는 고기잡이라는 뚜렷한 목적을 가신 활동을 조월하는, 아니 좀 더 정확하게 이야기해 그와 모순되는 활동이다. 낚시는 '줄'이라는 매체를 통해 '떨림'이라는 형식으로 바다와 소통하는 새로운 감각/존재의 방식이다. 낚싯대를 바다에 드리워 한 손에 쥐고 서 있으면, 너무나 많은 것들이 한꺼번에 느껴진다. 낚싯줄은 현이 되어 바람의 속도와 힘을 높은 톤의 음으로 전하고, 또한 동시에 안테나가 된다. 모든 신호는 파동으로 변형되어 손의 촉감을 통해 뇌로 들어온다. 손은 이제 독립한 하나의 감각기관이다. 조류는 천천히 수 시간에 걸쳐 들어왔다가 빠져나가면서 추를 끌어당긴다. 손에 걸리는 긴장은 느끼지 못할 정도로 천천히 변화하지만, 만조의 순간에 멈추었다가 얼마 지나지 않아 반대 방향으로 미끄러지기 시작하는 추는, 달과 바다가 서로를 밀고 당기는 그 은현한 공명의 순간에 은밀하게 동참하고 있는 것.

기다림 자체가 목적이 되어, 순수하게 기다리며 현존하는 마법적인 순간이 이렇게 낚시 속에 있다. 물고기는 핑계일 뿐이다. 그래서 많은 사람들이 바다낚시에서 결국 민물낚시로 전향하는 것인지도 모른다. 바다에서 팔뚝만 한 돔을 잡는 것보다 저수지에서 손바닥만 한 붕어를 잡는 일이 더 재미있을 리가 없는 데도 말이다.

서로의 공간을 존중하며 멀찍이 떨어져 앉아 적막 속에서 고요하게 낚시찌를 응시하는 일은 실제로 월척을 잡아 올리는 짜릿한 순간보다 더 깊은 만족감을 준다. 기다림 자체가 욕망의 완성형이라는 사실을 어떤 낚시꾼들은 이미 알고 있는 것이다.

컬러

집에 컬러 티브이가 들어온 것은 초등학교 사학년 때였다. 그 전에 있던 티브이는 흑백 화면이었고 채널도 세 개밖에 나오지 않아서, KBS2 채널이 잡히지 않았다. 학교에서 친구들이 그 전날 티브이에서 본 〈하록선장〉 이야기를 할 때면, 소외감이 이루 말로 할 수 없었다. 컬러 티브이를 사자고 졸랐지만 엄마는 들은 척도 하지 않으셨다. 초등학교 이학년 때 삼촌을 따라 처음으로 무등경기장에 야간 경기를 보러갔다. 조명이 비친 잔디의 녹색이 비현실적으로 생생했다. 집에 돌아와 엄마가 "오늘 야구 어땠어?" 물으시기에 이렇게 대답했다. "엄마! 야구장은 컬러야!"

어린 시절에 어머니가 간혹 해주시고는 해서, 나도 봄에 딸기철이면 딸기를 숟가락으로 하나하나 으깬(귀찮지만 썰거나 갈아 넣는 것보다 이렇게 해야 더 맛있다) 다음, 우유와 꿀을 부어서 간식으로 아이들에게 주곤 한다. 둘째가 한 입 떠먹고 좋다고 환하게 웃으며 하는 말, "오! 딸기사탕 맛이야!"

멋진 풍경을 만나면 우리는 자신도 모르게 "와 그림 같다"고 말한다.

인간이 만든 사물이 실재를 이해하는 기준이 되어버리는 뒤집힌 사태들. 조악하지만 친숙한 인공물들이 풍성한 실재를 대체하고 오히려 능가하는 순간들. 젊을 때는 그러니 '인간은 깨어나야 한다!'라고 결연해지곤 했는데, 요즘은 이것이 이 무한한 세계를 감당하는 '인간적'인 방식인 것 같아 짠하고 정겹다.

하품

큰아들이 태어나고 석 달쯤 되었을 때의 일이다. 벌써 오래전이지만, 마음에 이상하게 남아 있는 순간이다. 아침에 눈 맞추고 놀다가 문득 하품을 했다. 아이 때문에 매일 밤 두세 시간 자고 깨고 자고 깨고 하던 시절이라 당연했다. 녀석은 내 입이 벌어지는 것을 보고는 저도 모르게 따라서 입을 반쯤 벌렸고, 잠시 후 멍한 표정으로 천천히 나물고는 잠깐 '내가 왜 이러지' 하는 표정을 지었다.

가장 강력한 문장은 아마도 하품과 같을 것이다. 순식간에 상대방의 무의식으로 파고드는 전염성과 즉각성, 어김없이 행동을 불러일으키는 강력한 암시성, 머릿속의 모든 생각을 순간 지워버리고 '지금 여기'에 현존하게 만드는 몰입성. 그리고 마지막 숨을 내쉬고 난 후 맺히는 눈물 한 방울까지.

첫눈

81년쯤일까, 여섯 살.

광주 외할머니 댁 단칸방에서 다섯 가족이 나란히 누워 잠을 자던 시절. 낮은 단층집이었고, 창호지 바른 빗살문을 덜컥덜컥 여닫던 시절.

새벽에 문득 잠에서 깨었다. 그런 적이 없는데 이상하게 잠이 오지 않아서 눈을 뜨고 앉았다. 가족들이 한 방에 누워 박명(薄明) 속에서 천천히 숨을 쉬고 있었다.

이상한 소리가 났다. 방 밖인지 안인지, 몸 속인지 밖인지 알 수 없었다. 조용했다. 그 조용함이 수런거렸다. 너무도 가벼운 소리가 수천 겹으로 겹쳐 있었는데, 그 수천 겹이 그대로 너무도 가벼웠다. 숨소리에 지워졌다가 너울거리며 나타났다. 무슨 생각에서인지 소리 나지 않게 문을 열고 툇마루로 나갔다.

마당에 어둡게 희게 쌓이던 눈

눈이 내리시는 소리.

하늘을 치어다 올려보니 작은 눈송이들이 푸른 빛 감도는 어둠에서 마치 태어나듯 나타나, 천천히 아주 천천히 내려오시고 있었다. 기억에 남은 내 인생의 첫눈.

이상하게 이 고요한 기억에 머물다보면, 여기에 고리로 연결된 것처럼 다른 기억 하나가 잇달아 떠오른다.

그 며칠 전이었던 것 같다. 한가한 대낮에 혼자 작은 방에 스며들었다가 장롱 위에서 육각 성냥통을 보았다. 두근거리는 마음으로, 내가 뭐를 기대하는지도 잘 모르는 채 성냥개비를 들어 빨간 성냥 머리를 여러 번 통에 그었다. 설마 '불이 붙겠어' 했지만 그래도 '불이 붙으면 좋겠다' 기대도 했던 것 같다.

화르륵! 너무도 갑자기 주황색으로 불타오른 성냥개비. 나는 소스라치며 성냥개비를 떨어뜨렸다. 노란 장판에 작고 동그랗고 까만 자국이 남았다. 손가락으로 아무리 문대도 지워지지 않았다.

야구

초등학교 일학년 때부터 해태 타이거즈 어린이 회원이었다. 그해 우승 선물로 나누어준 과자 박스 속에 들어 있던 맛동산과 양갱을 구석에 고이 모셔놓고 하루에 하나씩 야금야금 먹던 기쁨. 매일 저녁 오래된 소니 라디오를 틀어놓고 아빠랑 야구 중계를 들었다. 야구가 쉬는 월요일은 어찌나 심심하던지. '쳤습니다!' 하는 캐스터의 외침 후에 가슴 졸이며 다음 말을 기다리는 동안의 정적. 초등학교 일학년 때 처음 무등 경기장에서 야구를 보았고, 그 후로는 아빠랑 혹은 삼촌이랑 야구장 가서 콜라 마시고 해태가 이기든 지든 7~8회부터는 술 취한 아저씨들이 엉터리 음정으로 부르는 〈목포의 눈물〉을 듣는 것이 월례행사가 되었다.

중학교 2학년 가을 어느 토요일에, 항암치료 중이던 아버지가 갑자기 오늘 야구를 보러 가자고 하셨고, 나는 비가 올지 걱정이 되어서 베란다로 나가 하늘을 올려다봤는데 하늘은 쨍하게 파랬다. 다섯 시쯤 "도저히 피곤해서 안 되겠다"며 아버지가 "미안하다" 이야기하시는 순간 느꼈던 서운함과 불안함을 아직도 선명하게 기억한다(초등학교 때 어느 날 경기가 끝나고 밤은 늦었는데, 택시를 잡을 수 없어 아빠랑 철로를 밟으며 집으로 터벅터벅 걸어오던 기억은 지금, 어디서 돌아오는 것일까).

그때부터 투수 교체 한 번, 대타 한 명, 공 하나가 시합 전체를 바꾸는 것을 수백 번 경험하면서 '그때 그랬더라면'이라는 질문이 얼마나 의미 없는 것인지를 수없이 반복학습하였고, 생(生)도 야구와 다를 바 없다는 것을 한참 후에야 빈볼 맞듯 깨달았다.

그때 투수를 바꿨더라면, 그때 그 형편없는 공에 헛스윙하지 않았더라면…. 우리는 끊임없이 가정법으로 상상하지만 한 번 일어난 일은 다시는 되돌릴 수 없으며, 사소한 결심의 순간들은 심오한 결단의 순간으로 결정화되어 이렇게 한 번 선택한 것은 바로 우리 삶 자체가 되어 버린다(어딘가에서 니체의 낭랑한 목소리가 들리는 것 같다).

게다가 잘 친 타구가 야수 정면으로 가고, 빗맞은 타구가 떼굴떼굴 굴러 안타가 되는 일은 얼마나 흔한가. 한가운데 던진 공도 타자가 휘두르지 못하면 대담한 투구가 되고, 구석으로 던진 것도 잘 치면 실투가 되어 비난받곤 하는 것이다. 리그 1위 팀 승률이 7할을 넘기 힘든 유일한 스포츠. 한 명의 스타가 승패에 영향을 주는 것이 가장 어려운 스포츠. 실력과 노력이 우연과 뒤엉켜 끝없이 예측할 수 없는 일이 일어나는, 우리네 삶에 가장 가까운 스포츠. 그러니, "주의해. 귀를 기울여. 이 세상에 야구와 관계가 없는 건 하나도 없어."[4]

아침

스무 살 때 일이다.

늦여름에 가리왕산을 올랐다. 오후부터 길을 버리고 지도를 보며 칠부 능선을 탔다.

금방 날이 저물었다. 작은 계곡을 하나 만났는데, 계곡이라기보다는 막 발원하여 물이 모이기 시작하는 작은 개울이었다. 주변에 차곡차곡 쌓은 돌담의 흔적이 여기저기 흩어져 있었다. 이끼 낀 돌담은 군데군데 허물어져 있었고, 사람 손이 닿은 적이 있는 평평하고 널찍한 터가 여럿 보였다.

사위가 어두워져 텐트를 쳤다. 우연히 당귀 한 뿌리를 캤나. 개당귀를 잘못 먹고 업혀 내려왔다는 사람들의 이야기를 하면서 잎사귀를 조심스레 뜯어 씹었다. 진하고 화사한 향이 입 안 가득 퍼졌다. 잠시 기다려보았지만 아무도 죽지 않아, 당귀를 뿌리째 캐서 개울

물에 씻었다.

삼겹살을 당귀에 싸 먹었다. 뿌리는 소주에 담가놓으니 그야말로 황홀한 향이 흘러나왔다. 술을 끝없이 먹는데도 취하지 않았다. 웃음소리가 능선을 따라 흩어지는 게 느껴져서 아무도 크게 웃지 못했다. 웃음을 입안에 머금고 술잔을 돌리며 클클 웃었다. 밤이 되자, 저 밑에서 바람들이 올라오는 소리가 여러 편의 짧은 여행기 같았다.

텐트는 이인용이었고 사람은 넷이었다. 두 명은 비박을 해야 했고 나이순이니 어린 내가 당첨이었다. 침낭을 텐트 근처 평평한 자리에 펴고 목에 손수건을 두르고 점퍼를 목 끝까지 올렸다. 누워서 침낭의 지퍼를 끝까지 올리고 누워 몸을 움찔거리며 바닥에 적응을 한 후, 깊은 숨을 들이쉬면서 하늘을 올려다보니, 나뭇가지들이 끝나는 곳에 수천의 잎사귀들이 시커멓게 밤하늘에 얼굴을 담그고 있었다. 한번씩 어디선가 바스락거리는 소리가 들렸고, 본능적으로 육식동물에 대한 공포가 슬며시 깨어났다가 사그라졌다.

잠이 들었다. 깊은 잠을 잤고, 어느 순간 새까만 잠에서 서서히 깨어났다. 꿈과 의식의 경계에서 온 산 가득 웅성거리는 소리를 들었다. 새들, 최소한 다섯 종 이상의 새들이 부르는 높고 낮은, 길고 짧은 노랫소리였다. 그 소리들을 듣고 있다는 것을 나는 어느 순간 깨달았고, 꿈이 시작되는 순간을 알아차릴 수 없듯 언제부터 새소리를 듣고 있었는지 알 수 없었다.

천천히 눈을 떴다. 공기는 차가웠고, 침낭 밖으로 나가고 싶은 마음은 없었다. 밤새 굳은 몸을 꼬물거렸다. 그대로 누워 눈만 깜박거리며 숨을 쉬었다. 왼쪽 아래 능선에서 모든 빛을 빨아들이는 검은 틈 같던 하늘이 짙은 푸른빛으로 조금씩 바뀌어가는 것을 보았다. 서쪽 능선은 아직 깊숙한 밤에 잠겨 있었다. 동쪽에서 동이 터왔다. 내가 누워 있는 곳에서 능선은 동남쪽으로 흘러내리고 있었고 능선의 경계는 약 사오백 미터쯤 아래에 있었다. 나는 그냥, 좋은 아침이라고 생각하고 있었다. 사십 킬로그램이 넘는 배낭과 그걸 짊어지고 걸어야 할 길을 막막하게 그러나 기대에 차서 상상하고 있었다. 그때, 빛이 먼저였던가, 소리가 먼저였던가.

강렬한 햇살 한줄기가 순식간에 능선의 경계를 넘어 내 눈을 찔렀다. 동시에, 온 산 전체에서 새들이, 수천 마리의 새들이, 그 높고 낮고 길고 짧고 풍성하고 날카로운 목소리를 하나로 모아, 합창처럼 울어대기 시작했다. 그 소리 안에는 순수한 기쁨이 담겨 있었고, 지금 그 순간을 다시 돌이켜보아도 나는 그 소리를 기쁨 외에 다른 어떤 감정으로도 해석할 수 없다. 목소리들의 총주는 사오 초 정도 지속되다가 서서히 잦아들었고, 그 다음에는 각자의 새들이 각자의 호흡으로 서로 돌림노래를 부르기 시작하였다. 약 오 분에서 십 분에 걸쳐 산은 천천히 정적으로 되돌아갔다. 빛은 조금씩 능선 너머로 흘러들다가 이윽고 세상을 훤히게 밝혔고, 우리는 라면을 끓여 먹고, 물통에 물을 가득 채우고, 무거운 배낭을 메고 천천히 걷기 시작했다.

아침, 두 번째

아침은 강렬하게 오기도 하지만, 너무도 작은 기미로 오기도 한다. 하지만 그때조차 존재의 상태는 질적으로 변화한다. 삼십대 중반 어느 가을에, 초등학교 친구가 고향 근처 저수지에서 낚시 중이라는 이야기를 듣고 새벽에 찾아간 적이 있다. 멍하게 깊은 어둠 속의 야광찌를 바라보다가 라면을 하나 끓여먹고 텐트에서 까무룩 잠들었다 깨었다. 사위는 여전히 어두웠고 나는 다시 낚싯대 앞에 가만히, 가만히 앉아 있었다. 바람이 가끔씩 수런거리는 소리를 흩뿌릴 뿐 새벽은 너무도 고요했다. 어둠을 응시하고 그냥 멍하게 있는데, 눈 뜬 상태에서 그대로 나는 '흡' 하고 숨을 들이마셨다. 처음에는 내가 무엇 때문에 놀랐는지도 알 수 없었다. 천천히 정신을 차리고 보니 말 그대로 눈 깜짝할 사이에 눈앞 세상에 색채가 출현해 있었다. 칠흑이 묽어지며 잿빛으로 뭉개져 있던 시야에 풀의 초록이 흙의 붉음이 물의 푸름이 희미하지만 선명하게 비어져 나와 있던 것이다. 아침은 연속적으로 천천히 오는 게 아니었다. 말 그대로 빛의 속도로 세상은 무채색에서 유채색으로 바뀐다. 그 찰나를 그날 보았다.

그날 아침으로부터 십여 년이 지난 후 우연히 유리 슐레비츠의 그림책 『새벽』에서 이와 똑같은 순간을 만났다. 할아버지와 손자는 호수 옆에서 잠을 자다가, 어둠속에서 깨어 배를 띄운다. "노는 삐걱대며, 물결을 헤친다. 한순간, 산과 호수는 초록이 된다." 슐레비츠는 그것이 '한순간'이라는 것을 알고 있었다. 그는 어둠을 가만히 응시하며 아침을 맞은 적이 있는 것이다.

달리기

달리는 것은 즐겁다. 아니 즐겁다는 표현은 정확하지 않다. 달릴 때는 분명 힘들다. 마크 롤랜즈가 강렬한 책 『철학자가 달린다』에서 이야기한 대로, 우리가 달릴 때 몸과 정신은 둘로 나뉘어, 힘들어 삐걱거리는 몸뚱이를 정신이 이마 앞에서 억지로 잡아끈다. 무릎이 욱신거리고, 나중엔 숨이 차고, 어깨가 묵직해지다가, 어느 순간부터 종아리가 터질 것 같은데, 그걸 견디면 이상한 나른함이 온몸에 퍼지면서 발걸음이 잠시 가벼워지다가, 갑자기 다리 전체가 납처럼 무거워지는 순간이 온다. 몸의 컨디션은 끊임없이 변하고, 주된 느낌은 '힘들다'이지 '즐겁다'가 아니다. 그런데도 이상하게 달리는 그 순간은 체중이니 건강이니 장수니 하는 그런 목표의 수단이 되기를 거부하는 기묘한 온전함이 있다. 온몸이 전심으로 움직이는 그 순간은 쉬는 것도 아니고 쉬지 않는 것도 아닌데, 힘들지 않은 것도 아닌데 괴로운 것도 아니다. 참으로 이상한데 전혀 이상하지 않고, 어떤 결핍도 없이 충만하다.

"삶이라는 문제의 의미를 느끼는 것은 살아가는 과정을 통해서만 가능하다. 살아가면서 삶이 무엇인지를 이해하게 되는 것이다. 머리가 아니라 창자와 혀에서 느껴지는, 저린 뼈와 시린 피이다."[5]

롤랜즈가 달리기를 삶의 가장 근본적인 은유로 생각했던 것이 이해가 가는데, 뛰다 보면 그런 생각조차 사라져버린다.

풍경

신호등에 멈추어 문득 창밖을 본다.

시야에는 길 옆 낮은 산과 나무들. 구름 낀 쌀쌀한 아침의 납작하고 평범한 하늘. 몇 년째 똑같은 길로 출퇴근하면서 수백 번 바라본 너무도 익숙한 풍경. 평소처럼 무심코 핸드폰으로 눈을 돌리기 전에, 빨간등이 내게 하는 이야기인 듯 잠깐 멈추고, 한 뼘 시야 속 창백한 풍경을 찬찬히 들여다본다. 파란등 들어올 때까지 잠깐, 눈 몇 번 깜빡여 초점을 다시 맞추며 깊이.

들여다보면 볼수록 끝없는 세부가 드러난다. 단풍나무와 참나무 잎사귀 사이로 칡덩굴이 뒤엉켜 있다. 단풍의 붉은색, 그 사이사이 빛바랜 갈색, 참나무 잎사귀에는 아직 초록이 남아 있지만 초록의 경계가 급격하게 회색으로 바뀌면서 메말라 있다. 칡덩굴은 내가 상상할 수 없는 경로와 각도로 꼬여 있고, 그 선을 따라 손바닥보다

넓적한 잎사귀들이 뻗어 나와 구겨져 있다. 들여다보면 들여다볼수록, 그 안의 더 깊은 세부가 보인다. 더 이상 내가 수백 번 봐왔던 그 풍경이 아니다.

풍경은 무한하다. 유한한 경계의 뻔한 외양 속에 무한한 세부가 숨어 있다. 문장으로든 색채로든 음악으로든, 몇십 년이 걸려도 저 한 조각 풍경의 세부를 모조리 다 묘사할 수는 없을 것이다. 그러니 모든 관찰과 스타일은 왜곡과 생략의 기법이다.

호메로스의 『오디세이아』에서 오디세우스는 트로이 전쟁이 끝나고 십 년을 방황하다가 집으로 돌아간다. 제임스 조이스는 『율리시스』(오디세이아의 로마식 표현이다)에서 1904년 6월 16일 단 하루 동안 블룸 부부에게 일어나는 일을 호메로스보다 더 많은 단어를 사용하여 그린다. 하루도 십 년보다 깊을 수 있다. 생이란 들여다봐도 들여다봐도 끝이 없다.

예비군

밖에서의 시간이 양지에 내놓은 얼음 조각 같아 안타깝고 초조하다
면, 군대에서 시간은, 나와는 상관없이 내 밖에 존재하는 딱딱하고
무거운 물체처럼 느껴졌다. 전공의 때 예비군 훈련을 위해 입소한
훈련소에서 나는 이렇게 썼다.

　　대문 앞에 놓인, 폐차에서 떼어낸 엔진 덩어리.
　　손으로 밀고, 발로 차고, 줄로 끌어보고, 이로 물어뜯고
　　몸으로 밀어붙이지만 이놈은 꿈적도 하지 않는다.

　　훈련소에 도착해서 처음 한 일은 핸드폰을 제출하는 것이었고
대신 받은 것은 k2 소총이었다. 핸드폰이 호주머니에서 사라지자
반가운 마음이 들어서 스스로 당황했다. 그리고 받은 66번 K2. 차

갑고 단단한 총신, 손아귀에 정확하게 들어오는 단호한 냉정함, 묵직한 든든함, 단순한 구조의 명쾌함, 캄캄한 총구. 이 놀랍도록 우아한 죽음의 도구. 마치 모든 죽음이란 이처럼 명료하고 단순하고 물리적으로 확실하다는 듯, 한번쯤 죽일(죽을) 만하지 않겠냐고 설득하는 것처럼.

밤에는 꿈을 꾸었다. 우리집에서 엄청난 학살이 벌어졌다. 누가 누구를 죽이는지는 중요하지 않았다. 누군가 누구들을 죽이고 그 누구들이 또 누구를 죽였다. 피가 튀고 또 튀었다. 보고 있는 게 괴로워 잠에서 빠져나왔으나 꿈은 다시 시작되었다. 두 번, 복도에서부터 도움닫기 하여 우리집 거실을 지나 베란다로 뛰어내렸으나 얼굴이 아스팔트에 닿는 느낌만 있을 뿐 죽지도 않았다.

군대는 프로이트 식으로 말하면 항문기에 고착된 조직이다. 강박적인 청결과 규율에의 집착은 전형적인 항문기의 특징이고, 그 이면에 모든 군바리들이 품고 있는 위반에 대한 두려움(그리고 매혹)이 있다(헤르만 브로흐는 『몽유병자들』에서 "불안이 뒤에 도사리고 있지 않은 엄격성은 존재하지 않는다"라고 썼다).

줄설 것, 깨끗할 것, 각 잡을 것, 내 말을 들을 것, 복종하라, 복종하라.

군대조직은 '꼭 해야 해!'와 '안 돼!'를 외치는 부모가 되고, 군인은 억눌린 분노와 증오를 북한(그리고 하급자)에게로 투사할 것을 요구받는다.

이 모든 게, 불면과 불안과 피로와 괴로움은 모두 적(하급자) 때문이야.

어떤 면에서 우리 군대의 주적은 우리 군대이다. '북한은 우리의 주적'이라고 외치고, 표어로 만들고 식사 때마다 끊임없이 반복하도록 시키는 이유는 '북한은 우리의 주적'이 아니게 될까 봐 군대가 스스로 불안해하고 있기 때문일지도 모른다. 사실 가장 가까이에서 무장하고 있는 집단은 바로 우리 군대 자신이 아닌가.

이는 비단 우리나라뿐 아니라 유사 이래 모든 군대가 지닌 가장 깊은 불안이다. 모든 엄격한 규율과 상관에의 절대 복종에 대한 집요한 강조는 이러한 두려움(스스로에게 총을 겨누면 어떻게 하지?)의 반영이며, 온갖 잡일과 규율과 원칙의 강박적 준수로 인한 효율성과 전투력의 저하는 그리하여, 우리 군대가 시정하지 못한 문제점이라기보다는 차라리 지극히 치밀하게 계획된 전투원 관리 원칙인지도 모른다(그래야 스스로를 공격할 생각을 하지 않을 테니까).

물론 가혹하고 위압적이고 비인간적인 위계를 유지하는 이유는 적을 섬멸한다는—그러니까 인간을 죽인다는—목적이 말 그대로 비인간적이기 때문이다. 하지만 상관에게 총을 겨눈다는 생각을 지운다는 목표가 더 깊이 숨겨져 있다.

삼박사일을 먼지 마시며 뛰고 기어 다니고 멍하게 앉아 있다 보면 마음속에서는 끊임없이 복잡한 생각과 기억들이 몽글몽글 솟아오른다. 바라보고 즐기고 느끼고 나눌 것이 없어 평소에는 가 닿지 못하는 마음의 깊은 자리까지 더듬어 볼 수 있다는 것은 군대의 역설적 미덕이다.

행군

의사랍시고 군대 생활은 훈련소밖에 안 해봤지만, 그래도 군대에
대해서 하고 싶은 말이 있는 건 남자들은 다 똑같은 것 같다. 훈련
소 마지막 주에 행군을 했는데, 나름 힘든 일정이었다. 완전 군장을
하고, 무거운 짐 지고 십몇 킬로를 걸었다가 텐트 치고 수십 번 깨
며 자는 둥 마는 둥 밤을 보낸 다음에 다시 이십 킬로 정도를 걸어
서 훈련소로 되돌아왔다. 그런데 희한하게 그렇게 걸어서 어둑어둑
해지는 저녁에 훈련소로 들어오는데 웃음이 났다. 어깨는 빠질 것
같고, 발에는 이미 물집이 몇 개 터져서 쓰라리기 그지없고, 간밤에
잠을 푹 자지 못했으니 머리는 멍하고 눈은 따끔거리고, 뻣뻣한 바
지에 허벅지 안쪽이 쓸려서 따끔따끔한데 이상하게 기분이 좋아서
웃었다. 그러면서 내가 대체 왜 웃는지 생각해보았다.

　자유롭게 걸을 수 있어서였다. 훈련소에 들어와서 지낸 한 달 동

안 행군은 항상 지시에 맞춰야 했다. 조교의 구령 아니면 앞사람 옆사람의 동작에 맞춰 걷고 돌고 뛰었고, 이때 모든 동작은 모두 소위 '군기'라고 부르는 외적 기준에 따라 통제되었다. 동작엔 어떤 즐거움도 없었고, 그렇게 동작에서 자발성과 기쁨을 제거하는 것은 이 조직의 목표이기도 했다. 하지만, 먼 길을 주파하기 위해 속도 외에 다른 통제가 사라졌을 때, 걷기가 돌아왔고, 걷기와 함께 리듬이, 음악이, 기쁨이 되돌아왔다. 그래서 어둠 속에서 <u>흐흐흐</u> 실실 웃었다. 다리 근육에 힘이 돌아와 폴짝폴짝 뛸 수 있을 것 같았다(물론 그럴 수는 없었다). 아도르노는 이렇게 말했다. "인간의 품위는 걷기의 권리 위에 기초한다. 걷기는 명령이나 공포에 의해 사지를 쥐어짜지 않는 리듬인 것이다."

얼마 전 세상을 떠난 신경과 의사 올리버 색스는 산에서 추락하여 무릎 관절 탈구와 대퇴사두근 파열을 당한 뒤, 환자로서 재활 과정을 통과하면서 겪은 일을 책『나는 침대에서 내 다리를 주웠다』에서 풀어낸다. 박사는 사고를 당한 왼쪽 다리의 감각이 없어졌을 뿐 아니라 "다리가 거기 있다는 느낌, 저 다리는 내 것이라는 느낌" 조차 없어지는 상황에 처하게 된다. 그때, 엄격한 재활 훈련에서가 아니라, 음악 속에서 갑자기 다리가 되돌아온다.

"아무 생각도 없이 어떠한 의도도 없이 갑자기 음악과 더불어 편안하고 즐겁게 걷고 있다는 것을 깨달았다. … 멘델스존의 음악이 시작되었던 바로 그 순간에, 나의 운동 음악, 나의 운동 멜로디, 나의 걷기가 회복되었던 바로 그 순간에 별안간 왼쪽 다리가 회복되었다. 갑자기 어떤 사전 알림도 없이 어떠한 변화도 없이 다리가 살아있으며 실제적이며 나의 것이라고 느껴졌다."[6]

자유로운 리듬과 음악이 우리의 육체를 통과할 때, 단순한 기쁨을 넘어서는 일들이 일어난다.

노래

이 년 정도 짝사랑을 앓았다. 대학교 막 입학했을 때, 신입생 오리엔테이션에서 처음 만난 한 아이에게 이상하게 마음이 끌렸다. 그렇지만 그게 전부였다. 그 친구는 나도 잘 아는 선배와 연애를 시작했고, 난 제대로 한 번 고백도 못 하고, 크리스마스이브에 밑도 끝도 없이 연락해 썰렁한 말이나 하다가 당연하게도 어색한 침묵 속에서 차였다(고 생각했다. 그 친구 입장에서는 차고 말고 할 사이조차 아니었을 것이다).

학교를 이 년 다니고 휴학을 한 건 그 친구 때문만은 아니었지만, 어쨌든 마주치지 않아서 좋았다. 매일 강의실 맨 뒤에 앉아 뒤통수를 쳐다보고 있지 않아도 되어서 좋았다. 백구십 명 중 딱 두 명이 F를 받은 생화학 수업을 식품영양학과에서 재수강하게 되면서 '나 말고 또 누구지?' 했던 그 친구와 가까워져서, 학교 앞에서 하숙을 했다.

수업도 없고 할 일도 없었지만 여느 학생처럼 아침에 일어나 학교로 터벅터벅 걸어가서 도서관에 틀어박히거나 잔디밭을 어슬렁거렸다. 하숙방은 처음에는 괜찮았는데 작은 벽 공사를 하고 났더니 무슨 봉인이 풀렸는지 바닥에 널브러진 옷을 집어 들면 몇 마리, 책을 뽑아 들면 또 몇 마리 그렇게 바퀴벌레들이 대규모로 출몰했다.

아무 일 없던 어느 날 꿈을 꾸었다. 나는 흙탕물이 세차게 흐르는 강둑 위에 위태롭게 서 있는 이층 건물에 도착한다. 폭풍우가 치고 사위는 어둡다. 이 층의 어느 방에 들어가니 그 애가 소파에 앉아 있다. 그런데 큰 수술을 받은 듯 다리에는 커다랗고 날카롭고 조악하게 조립된 보조기를 단 채 고통스러워한다. 새벽 두 시에 꿈에서 깨어, 길게 편지를 썼다(물론 보내지는 않았다).

며칠 후 아침 아홉 시 조금 지난 시간에 여느 때처럼 학교를 향해 터벅터벅 걸어가는데, 갑자기 첫사랑 그 아이와 마주쳤다. 따스한 삼월의 봄날이었다. 마지막으로 얼굴 보고 이야기 나눈 지 일 년쯤 지난 시점이었다. 공기 중에 약간의 냉기가 섞여 있었지만 햇볕 속은 따듯했고 조금은 나른할 정도였다. 안녕? 인사를 하고, 잘 지내지? 하고 형식적 안부를 묻고, 언제 한 번 보자, 의례적인 한마디를 넛붙였다. 그러고는 다시 봄을 놀려 학교를 향해 움직이기 시작했다. 전혀 예상하지 못했던 일이라 당황스러웠고, 내가 너무 담담해서 스스로 놀랐다. 멍하게 잠깐의 만남을 곱씹으며 걷는데, 문득, 나도 모르게 이문세 노래를 입속에서 흥얼거리고 있다는 사실을 깨달았다. 초등학교 때 좋아했던 곡이라 몇 년째 들어본 적도 없고, 사실 가사를 정확하게 잘 기억하지도 못하던 노래 한 구절을 수십 번 되풀이하고 있었다.

그 사람 나를 보아도 나는 그 사람을 몰라요
두근거리는 마음은 아파도 이젠 그대를 몰라요
그대 나를 알아도 나는 기억을 못합니다
목이 메어와 눈물이 흘러도 사랑이 지나가면

무의식은 이렇게, 나보다 먼저 내 사랑의 행방을 알고 있었다. 그리고 내게 노래로 알려주었다. 노래라는 형식이라서 덜 아팠을까, 그리고 더 절절했을까.

노래, 두 번째

초등학교 때 누나 라디오에서 흘러나오는 무슨 내용인지 하나도 알
수 없는 팝송이 이상하게 좋아서 따라 부를 때부터, 대체 왜 우리는
노래를 부를까 궁금했다. 둘째아들 백일 즈음에 첫 노래 부르던 것
을 가만히 들으며 새삼 이 질문을 떠올렸던 것을 기억한다. 졸릴 때
혼자 뉘어 놓으니, 눈을 게슴츠레하게 뜨고 아-오-우-아- 이렇게
혼자서 한 호흡 동안 다섯 음에서 일곱 음 정도로 높낮이를 움직이
면서 소리를 내는 거였다. 그리고 네다섯 번 그 '노래'를 반복해서
부르다가 잠이 들었다.

그리스 신화에서 피리 부는 신 마르시아스는 아폴로와의 노래
대결에서 진다. 그러자 아폴로는 그 벌로 마르시아스의 피부를 벗
겨버린다. 그리하여 마르시아스는 '하나의 거대한 상처'가 된다. 또
노래의 신 오르페우스는 사랑하는 에우리디케를 저승에서 데려오

067

지만 하데스와의 약속을 지키지 못하고 마지막 순간에 뒤돌아본다. 에우리디케는 다시 영원히 추락한다. 하나의 상처가 된 마르시아스와 가장 소중한 것을 영원히 잃은 오르페우스. 그리스 사람들은 깊은 상실이 노래의 원천이라는 것을 직관적으로 이해하고 있었다.

내가 아들에게 본 것은 노래의 탄생이었을까. 허전할 때, 결핍이 있을 때, 그리하여 위안이 필요한데 주변에 안아줄 누구도 없을 때, 아이(우리)는 스스로의 목소리로 자신의 마음을 감싸는 것일까? 그러니까 마르시아스처럼 상처 난 마음을 피부처럼 덮어주고 감싸주는 것이 노래일까? 스스로를 감싸는 목소리라는 감촉, 엄마의 포옹을 대신하는 촉각적인 자기 위안.

생리적 차원에서도 노래는 위로의 효과가 있다. 자율신경계에 대해서 연구하는 스테판 포지스는 부교감신경과 심리적 안정의 관계에 대해 설명하면서 노래에 대해서 이렇게 말한다. "노래를 하려면 우리는 … 발성을 조율하기 위해 얼굴과 머리 근육을 통제하면서 숨을 느리게 내쉬어야 한다. 느린 날숨은 … 자율신경상태를 진정시킨다."[7]

말 그대로 노래를 부르는 행동 자체가 생리적으로 우리를 위로하는 것이다. 하지만 이런 측면이 노래라는 현상을 모두 설명할 수 있을까? 이는 어쩌면 결핍이나 고통을 은근히 좋아하는 정신의학적 관점의 편견일 수도 있다. 철학 교수이자 재즈 클라리넷 연주가인 데이비드 로텐버그는 『새는 왜 노래하는가?』에서 노래의 기쁨에 대해서 말한다. 그는 새들이 노래하는 일의 효용과 이득에 대해서 분석하는 과학적 시선들을 비판하면서 그 밑에 있는 순수한 "삶에 대한 의지"를 잊지 않아야 한다고 말한다. 그러면서 그리스 철학자 루크레티우스를 인용한다.

사방을 둘러싸고 있는 숲속에서 커다란 소리가 들렸네.
새의 지저귐이었지. 사람들이 새의 음성을 말로 표현하며,
흉내 내려 했다네. 그러자 새들이 인간을 가르쳤지.
인간의 예술이 시작되기 전 새들이 인간에게 노래를 가르쳤다네.[8]

로텐버그는 무엇보다 노래는 기쁨이라고 주장한다. 그렇다면 과연 노래는 슬픔의 위로일까 순수한 기쁨일까. 중국신화는 둘 다라고 말한다. 기원전 3세기에 씌어진 『여씨춘추』에서도 우리 인간에게 처음 노래를 가르친 것은 새이다. 하지만, 여기에 상실이라는 모티브가 합쳐진다.

유융씨에게는 두 딸이 있었는데, 어느 날 천제가 제비를 한 마리 보내어 그녀들을 보고 오도록 했다. 제비는 즉시 그녀들이 있는 곳으로 날아가 빙빙 돌며 지지배배 노래를 하였다. 그 노랫소리는 그녀들을 기쁘게 했다. 그래서 다투어 제비를 삼으려 하니 제비는 마침내 옥광주리 안에 잡혀 들어가게 되었다. 그러나 조금 후 궁금해진 그녀들이 광주리를 열어보는 순간, 제비는 훌쩍 날아올라 북쪽으로 가버리고 다시는 돌아오지 않았다. 그리고 그 광주리 안에는 자

그마한 알 두 개만이 남겨져 있을 뿐이었다. 두 자매는 슬픔에 잠겨 노래했다.

제비가 날아가 버렸어
제비가 날아가 버렸네

전해지기로는 이것이 바로 북방 최초의 노래라고 한다.[9]
순수한 기쁨이자 동시에 상실의 위로로서의 노래. 아들의 첫 노래가 둘 다였다는 것을 이제 알겠다.

마취

몸이 아파 며칠 입원했다가 퇴원했던 적이 있다. 병원에서 검사 때문에 요새 유명한 프로포폴을 맞았다. 주사가 들어오는 순간 짙은 안개 맛이 입천장을 휘감길래, 내 정신이 어떻게 변해가는지 한 번 지켜봐야겠다 맘을 먹었는데, 정신 드니 이미 회복실이었다. 깨어나서 문득 그 순간을 돌이켜보고는 마음이 이상하게 편안해졌다.

죽음은 이렇게 외부에서 오는 것이다. 내 정신 내부에서 이래저래 전전긍긍하면서 오는 것이 아니라, 개미를 손가락으로 짓눌러 으깨듯, 내 의지나 역량과 무관하게 그렇게 외부에서 온다.

그러니, 그 일은 이미, 내 소관이 아니다.

계절

나이가 들수록 계절이 더 선명하게 느껴진다. 한 계절의 끝에 다음 계절이 몸을 겹칠 때, 그 미묘하지만 확실한 변화를 달력보다 뉴스보다 몸이 먼저 알아챈다. 그래서 몇 년 전부터는 올해의 봄이 몇월 며칠에 왔는지, 올해 겨울은 몇월 며칠에 시작되었는지 분명하게 말할 수 있을 지경이다. 날카롭게 에던 바람의 손톱이 동글동글해지는 그날, 공기 속에서 열기가 가만히 부풀어 오르기 시작하는 그날, 비닐을 두른 것처럼 답답하던 공간에 참새 드나드는 공간이 트이기 시작하는 그날, 그리고 다시 한 번 바람 손톱이 뾰족해지는 그날.

나이를 먹을수록 더 무뎌질 것 같은데, 더 예민해지는 건 아마도 계절의 역사가 몸에 쌓이기 때문일 터이다. 한해 한해의 봄이 몸에 쌓인다. 첫 연둣빛의 그 위태로운 광채가 꺼질까 두려워 차마 쳐다

보지 못하는 소심, 첫 봄바람이 팔뚝을 쓸고 갈 때 뺨 맞은 듯 고개 돌려 바람이 온 곳을 바라보는 일들.

봄의 설렘과 가을의 역마살, 깔깔대는 여름과 옹송그리는 겨울.

아프기

대학에 막 입학했을 때, 꼭 방학이 되어 집에 내려오면 기다렸다는 듯이 이삼 일 심하게 몸살을 앓곤 했다. 취직한 후에는 일 년에 한두 번은 앓았는데, 그럼 휴가를 내고 하루이틀 쉬고 나면 또 몸이 거뜬해졌다. 개업을 하고 작은 '가게'를 차린 지 오 년이 좀 넘어가는데, 지난 오 년간 한 번도 그 전처럼 앓아누운 적이 없다. 몸이 좀 안 좋은 것 같다가도 사나흘 길게는 일주일 아픈 듯 안 아픈 듯 열이 나는 것 같다가 괜찮다가 버티다보면 또 조금씩 회복되어 한 번도 가게 문을 닫을 정도로 앓지는 않았다. 얼마 전 같이 일하는 선생님 한 분이 몸이 너무 안 좋다며 병가를 냈는데, 나도 모르게 '좋겠다, 아플 수 있어서' 했다. 원해서 아프거나 원치 않아서 안 아프거나 하는 건 절대로 아닐 터인데, 몸과 마음이 만나는 지점 어디에선가는 미묘하게 생각이나 관념이 면역계나 생리적 반응에 영향을 미치는 영역이 있는 것 같다. 아플 수 없으면 아프지 않는 것이다.

그래서, 안 아프자고 마음먹을 수 있어서 좋은 것이냐 생각해보면 절대 그렇지 않다. 세상에 대한 기대와 의무들을 내려놓고 몸을 웅크려 순수한 현재에서 순수한 몸뚱아리로 끙끙 며칠 앓는 그 순간 속에 어떤 정화의 요소가 있는 것은 아닐까, 그런 정화를 무한히 미루는 이 삶이 오히려 큰 탈을 부르는 건 아닐까?

아이

초등학교 때 매일 아침 신문이 오면 아버지가 한 번 다 훑어 읽으시기를 기다리며 만화 『캘빈과 홉스』를 봤다. 엉뚱한 캘빈, 말괄량이 수지, 수지 앞에서는 귀엽고 몰랑몰랑한 인형이지만 캘빈 앞에서만 분노조절 장애가 있는 호랑이 홉스, 이렇게 셋이 벌이는 행각들이 뭐를 해도 귀여웠다.

그 후에는 스누피를 좋아했다. 우리 당당하고 행복한 스누피가 최고지만, 왠지 짠해 더 사랑스러운 찰리 브라운도, 만날 담요 들고 손가락 빨고 다니는 소심한 라이너스도 좋았다. 상담료 오 센트를 받고 친구들 심리상담을 해주는 루시는 지금 내 의원 책꽂이 한 구석에 자리를 차지하고 있다.

곰돌이 푸우를 빼놓을 수 없다. 꿀을 좋아하는 순수하고 단순한 푸우, 과잉행동장애 티거, 우울하고 염세적인 이요르, 걱정 많고 불안한 루, 그리고 언젠가 기숙학교로 떠나갈 크리스토퍼 로빈.

그리고 앨리스가 있다. 이상한 나라에서 이상한 일을 겪으면서도 항상 씩씩한 우리의 앨리스. 앨리스는 어릴 때 읽고, 들뢰즈의 『의미와 논리』를 통해 한 번 더 읽고, 삽화본으로 사고, 팝업북으로 사고, 그렇게 집에 『이상한 나라의 앨리스』가 대체 몇 권이 있는지 모르겠다.

그러다 보니 문득 왜 사람들이 이 나이쯤—일곱 살에서 여덟 살—아이들 이야기를 즐겨 그리는지, 그리고 나는 왜 이 시기 아이들이 겪는 유치한 이야기에 이토록 끌리는지 궁금해졌다.

프로이트는 이 시기 아이들이 잠재기(성적 충동이 일시적으로 잦아든다는 뜻이다)에 들어선다고 했다. 아주 어릴 때는 세상을 너무 모르다가, 조금 더 지나면 엄마 아빠 사이의 일에 골몰하다가, 문득 마음이 자라고 이들을 몰아세우던 성적 압력이 잠시 사라지면 우리는 세상에 눈을 뜨게 된다. 엄마 아빠만이 아니라 친구가 있고, 선생님이 있고, 낯선 아저씨가 있고, 수많은 사람들이 함께 살아가는 이 세상. 누가 누구랑 좋아하기도 하고, 싸우기도 하고, 누가 태어나기도 하고 죽기도 하는 이 세상. 이 넓은 세상 속 내가 누구인지, 살고 죽는다는 것은 뭔지, 아이들은 처음으로 궁금해하기 시작한다, 가장 신선한 눈으로. 저 새까만 하늘에 빤짝이는 수많은 별들은 도대체 어디서 나타난 걸까?

이들은 문턱에 서 있다. 한편으로 이때 아이들은 어릴 때의 과대성—내가 아빠보다 강해, 내가 시합은 무조건 이겨—이 많이 잦아들어, 이제는 더 이상 자기가 〈카봇〉의 주인공 차탄처럼 부모를 구할 수 없다는 것을 아프게 자각한다. 변신 로봇들처럼 맘만 먹으면 크고 강해질 수도 없다. 아이들은 아침에 일어나면 밥 먹고 씻고 싫어하는 양치질하고 학교에 가야 하고, 정해진 사십 분 수업 시간 동안 선생님 눈치보며 가만히 앉아 있어야 하고, 그렇게 시키는 대로 하다가 집에 오면 또 다음날 똑같은 하루가 시작된다는 것을 천천히 받아들인다. 알 수 없는 어른들의 세계가 있어 거기서 많은 일이 일어나고 결정되지만, 자신은 아무런 힘을 발휘할 수 없다는 것을, 인정하기 싫지만 어른들에 의존하며 살고 있다는 것을 이제는 막연하게나마 느낀다.

하지만, 문득 아무렇지도 않은 순간에 일상의 틈이 벌어지면("내가 아무것도 하지 않을 때, 가끔 이곳에 와줄래?" 하고 크리스토퍼 로빈은 푸우에게 묻는다), 저 세계의 구름이 우리집 문을 열고 들어오는 마그리트의 그림처럼, 푸우가 이 세계로 들어온다. 혹은 로빈이 나무 등걸을 통해 그 세계로 들어간다. 이 나이 아이들에게는 인생 마지막으로, 순진무구한 자세로 그 환상으로 들어갈 능력이 남아 있다. 아직 문을 여는 법을 기억하고 있다. 희미해지고 있지만, 장작불이 꺼지기 전에 마지막으로 환하게 타오르듯, 잠시 아이들은 결코 이 세상에 없는 곳(피터팬의 '네버랜드')으로 넘어간다. 앨리스가 거울 속으로 들어간다. 홉스가 갑자기 살아난다. 스누피가 노란새 우드스탁이랑 노닥거린다.

그 세계에서는 동물이 말을 하고, 키가 커졌다가 작아졌다가 하고, 다치지만 아프지 않고, '하루하루가 최고의 날'이라, 꾸역꾸역 근근히 사는 어른들이 짠하다(라이너스는 찰리브라운에게 "보통 아빠들에게는 많은 격려가 필요해"라고 말한다). 그곳에서는 크리스토퍼 로빈의 말대로 "아무것도 안하는 게 가끔은 대단한 뭔가를 가져온다."

그렇지만 슬프게도 금세 일상으로 우리는 되돌아온다. 앨리스는 집으로 되돌아오고, 찰리 브라운은 선생님에게 혼나고, 크리스토퍼 로빈은 기숙학교에 입학한다. 이 세계를 방문하는 일이 드물어진다. 우리는 문 여는 법을 잊고, 문이 어디 있는지도 잊는다. 세계를 이해하고 삶과 죽음의 문제를 해결하는 것이 불가능하다는 것, 그냥 받아들일 수밖에 없다는 것을 인정하게 된다. 그렇게 우리는 어른이 된다. 이상하게도 이 발랄한 만화들을 볼 때 짠하고 슬픈 이유이다.

오스트리아 작가 페터 한트케 또한 이 시기 아이들의 마음을 잊지 않았다. 빔 벤더스 감독의 아름다운 영화 〈베를린 천사의 시〉에서 천사는 인간들을 내려다보며 한트케의 시를 읊는다.

아이가 아이였을 때
팔을 휘저으며 다녔다
시냇물은 하천이 되고
하천은 강이 되고
강도 바다가 된다고 생각했다

아이가 아이였을 때

자신이 아이라는 걸 모르고
완벽한 인생을 살고 있다고 생각했다

아이가 아이였을 때
세상에 대한 주관도, 습관도 없었다.
책상다리를 하기도 하고 뛰어다니기도 하고,
사진 찍을 때도 억지 표정을 짓지 않았다

아이가 아이였을 때
질문의 연속이었다.
왜 나는 나이고 네가 아닐까?
왜 난 여기에 있고
저기에는 없을까?
시간은 언제 시작되었고
우주의 끝은 어디일까?
태양 아래 살고 있는 것이 내가 보고 듣는 모든 것이
모였다 흩어지는 구름조각은 아닐까?
악마는 존재하는지, 악마인 사람이 정말 있는 것인지,
내가 내가 되기 전에는 대체 무엇이었을까?
지금의 나는 어떻게 나일까?
과거엔 존재하지 않았고 미래에도 존재하지 않는
다만 나일뿐인데 그것이 나일 수 있을까…

코 파기

아들에게는 절대 비밀이지만, 코 파는 것을 좋아한다. 아무도 없을 때 목표물의 위치에 따라 집게손가락이나 새끼손가락을 콧구멍에 집어넣고 요리조리 움직여 커다란 코딱지 덩어리를 빼내는 것이 그리 재밌다. 저 안에 달라붙은 작은 부스러기까지도 나중에는 집요하게 추적한다. 중학교 때는 학교 책상 밑에 끈적한 그것을 열심히 붙여놓기도 했고, 그때도 지금도 손끝으로 탕탕 튕겨보기도 한다. 축축한 덩어리가 끌려나오면 좀 당황스럽기도 하지만, 가까운 아무것에나 쓱 닦고 엄지손가락과 맞대어 비비면 말라서 떨어져나가니 걱정할 것이 없다. 그러고 나서 손가락 끝 냄새를 잠깐 맡아보는 것은 필수이다.

실비아 플라스의 일기를 읽으면서 가장 반가운 문장도 사실 코파기에 대한 것이었다. 플라스는 스물한 살 때 일기에서 이렇게 쓴다. 오랜만에 꼼꼼하게 옮겨놓은 문장을 다시 찾아 옮기면서 읽어보니, 내가 위에 쓴 문장과 왜 이리 닮았는지! 이 보편적 쾌락이라니!

"혹시 코를 후빌 때마다 느끼는 육감적 희열을 알고 있는지? 나는 어릴 때부터 항상 코 파는 것이 좋았다. 미묘하게 변화하는 느낌의 겹이 너무도 많으니까. 섬세하고, 손톱이 뾰족한 새끼손가락은 콧구멍 속에 낀 마른 코딱지와 말라 부스러져가는 점액들을 밖으로 꺼내 그것들이 손가락 사이로 우수수 바스러지거나, 미세한 부스러기가 되어 마룻바닥 위로 휙 날아가는 모습을 두 눈으로 똑똑히 볼 수 있게 해준다. 아니면 좀 더 육중하고 결연한 집게손가락으로 더 깊이 파서 손가락에 부드럽고, 탄력 있고, 잘 휘어지는 초록 섞인 노란색의 자그마한 점액 덩어리를 묻혀, 엄지와 검지로 동그란 젤리처럼 뭉쳐서는, 탁자나 의자 밑바닥에 짓눌러서 붙이고 유기적인 고체로 말라붙도록 만들 수도 있다. 어릴 때부터 지금까지 내가 이렇듯 은밀히 더럽힌 의자와 탁자가 몇 개나 될까?"

퇴행의 아늑함, 집요한 추구와 탐구의 기쁨, 은밀한 위반의 쾌락, 촉각적인 자기위안… 이 모든 것을 언제든 하나의 행위로 누릴 수 있다니, 얼굴 한가운데 코가 있다는 건 우연이 아닐 것이다!

혼자

여행에서 돌아오는 길에 아이들은 이미 꿈나라에 가 있고 이런저런 이야기 나누던 아내가 고개를 기대고 잠든다. 공기는 미세먼지로 조금 뿌옇고 산의 나무에는 건조한 갈빛 잎사귀들이 겨우 붙어 있다. 아이들을 위해 틀어놓았던 '형돈이와 대준이' 트랙 리스트를 끄고 〈Petit bisquit〉이나 〈Flight facilities〉 같은 멜랑콜리한 음악을 들으며, 조용히 흘러가는 풍경 속에서 운전을 한다.

혼자 운전하니 좋구나, 문득 생각한다.

잠시 후에, '가족들과 함께 있는 와중에 혼자 있으니 좋구나'로 정정한다. 정말 내가 혼자 놀다 혼자 자고, 깨어나 혼자 밥 먹고 혼자 이 길을 운전해 집으로 돌아가고 있었다면 좋았을까?

그럴 리 없다. 벌써 십 년 전쯤 일이다. 큰아들 태어나고 첫 몇 달 여기저기 아파 고생을 많이 했다. 버티다가 마침내 아내는 친정에 한 달 정도 아들과 살고 오기로 했다. 솔직히 속으로 약간 좋았다는 것을 고백한다. 밤마다 두세 번씩 잠에서 깰 필요도 없고, 몇 달 동안 불가능했던 회식도 가고, 오래 만나지 못했던 고향 친구도 만나고… 뭔가 설레는 마음이 있었다. 하지만, 아내와 아이를 처가에 데려다주고 돌아와 혼자 잠을 청하던 첫날, 휑한 빈 집이 어색하고 낯설고 심심하고 외로워서 뒤척이면서, 하루 자기도 전에 '아 좋구나' 하는 마음이 씻은 듯 사라져버렸다.

오후

내가 사는 지역에 코로나 확진자가 갑작스럽게 늘어난 토요일이다. 불안한 마음으로 오전 진료를 보고 퇴근하여 조금 늦은 점심을 먹었다. 마스크 쓰고 마주 앉아 상대의 미묘한 감정과 표정을 읽고, 내 공감을 전달하고, 이야기를 나누는 일은 쉽지 않다. 평소보다 조금 방심하게 되는데(입 주변 근육을 쉴 수 있어서), 훨씬 더 긴장할 수밖에 없다(상대의 감정 반응이 정확하지 않아서). 식은 밥에 남아 있던 김치찌개를 비벼서 먹고, 냉장고에 남아 있던 달달한 포도를 씻어서 아이들과 나눠먹었다. 갑작스럽게 일주일의 피로가 몰려와 펼쳐놓은 밥상을 고스란히 놓아두고 반찬 뚜껑도 닫지 않고 식탁 옆 바닥에 드러누웠다. 큰아들이 치는 피아노 소리가 이상하게 밀려서 들려왔다. 둘째는 어딘가에서 종이접기를 하는 모양이다. 핸드폰을 잠깐 들여다보다가 내려놓으니 아내는 이미 잠들었다. 규칙적인 숨소리가 들린다. 천장의 커다란 팬이 회전하면서 바람이 흘러온다. 졸렸다. 의식이 깜빡깜빡하는 와중에, 아무렇지도 않은 아무 일 없는 오후라는 생각이 들었다.

스무 살 무렵 신비주의를 공부할 때 "still point of the turning world"라는 구절을 좋아했었다. 이 구절을 읽으면, 시속 천칠백 킬로미터의 속도로 회전하는 지구가 일으키는 엄청난 굉음과 폭풍 속에서 고요하게 앉아 있는 한 사람의 이미지가 떠오르곤 했다.

이 책의 원고를 정리해서 출판사에 넘기고 나서, 하루이틀 쉬는데 문득 이 구절이 생각이 났다. 이 글에 어울리는 구절인 것 같아 어떻게 번역하면 가장 좋을까 고민하다가, 이 구절의 원래 출처가 엘리엇의 시 〈네 사중주〉라는 것을 이십오 년 만에 알게 되었다. 집 책꽂이를 뒤져 번역본을 찾아 읽어보니, 이상하게 마음에 와 닿지 않는다. 그래서 엉망이지만 직접 한 구절 한 구절 곱씹으며 옮겨본다.

회전하는 세계 속 고요한 일점에, 육신이 있지도 않고 없지도 않은 그곳으로부터도 아니고 그곳을 향한 것도 아닌, 고요한 일점, 바로 거기에 춤이 있다.
멈춘 것도 움직이는 것도 아니다. 굳어 있다 해서도 안 된다.
과거와 미래가 모이는 곳. 그곳으로부터 또는 그곳을 향해 움직이는 것도 아니고,
올라가지도 내려오지도 않는다. 이 점, 이 고요한 일점 없이는

춤은 없을 것이다. 거기 오로지 춤이 있다.[10]

이 시를 적으면서 이 글을 다시 읽으니, '천장에서 회전하는 커다란 팬'이 'spining world'라는 구절을 기억의 깊은 바닥에서 끄집어냈다는 것을 알겠다. 춤이 있는 바로 이 고요한 일점. 젊은 날엔 팽팽 도는 지구와 심오하게 깨달은 자가 필요했다. 하지만 이젠 지금 여기, 내 삶 속의 이 평범한 순간이면 된다.

02
사물

요구르트

편의점에서 마주친 가장 충격적인 사물 중 하나가 커다란 요구르트다. 어릴 때 송곳니로 통 밑에 구멍을 뚫어 금방 바닥날까 걱정하며 조금씩 쪽쪽 빨아마시던 그 요구르트가 그 모양 그대로 다섯 배 정도 커져 있었다. 그리고 거기 연분홍빛 요구르트가 가득 담겨 있다.

내 오래된 소망을 어떻게 알아낸 건지 너무 놀랍고 반가워서 당장 한 병 사서 꿈꾸던 대로 벌컥벌컥(꼭 '벌컥벌컥' 마셔보고 싶었다) 삼켰다. 전엔 금세 바닥나서 아쉽게 입안에 남은 단맛을 음미해야 했었는데, 이젠 원 없이 마셔도 아직 남아 있다. 뚜껑을 닫아 고이 내려놓고 가만 앉아 있자니 만족감 사이에 이상한 불편함이 스민다. 그리운 무언가를 얻은 것이 아니라, 오히려 잃어버린 것 같은 느낌. 감질나고 애타던 무언가가 사라져버린 느낌. 이렇게 우리는 결핍을 상실할 수도 있는 것이다.

소설가 프루스트는 결핍이 단순한 부족이나 한계, 혹은 미완성이 아니라는 것을 잘 알고 있었다. 그는 결여가 "단순한 부분적 결여가 아니다. 그것은 나머지 모든 것들의 전복이며, 이전의 상태에서는 예견할 수 없는 하나의 상태이다"[1]라고 말한다. 그러니 감질나게 하는 조그마한 요구르트 병은 요구르트의 결점이 아니라, 그 본질을 구성하는 요소였나 보다. 부족함을 잃으니 요구르트는 이제 마셔도 그만 안 마셔도 그만인 평범한 음료가 되어 버렸다.

드라큘라

드라큘라의 매혹은 어디에서 오는 것일까? 살아있는 인간을 죽이는, 죽지 않는 인간 존재에 대한 환상은 거의 모든 문화권에 존재하지만, 드라큘라는 특별한 매력이 있는 것 같다. 우선 드라큘라가 죽지 않고 늙지 않는다는 것, 그리고 항상 어둠 속에 있고 햇빛을 볼 수 없다는 실마리에서부터 추리를 시작해볼 수 있다. 이는 사실 드라큘라가 실제 인물이 아니라 우리 무의식의 어떤 측면에 대한 은유인 것은 아닐까 하는 상상을 해보게 한다(드라큘라가 거울에 비치지 않는 이유도 이 때문일 것이다).

드라큘라는 다른 사람의 피를 빨아먹는다. 좋게(혹은 나쁘게) 보면 인간의 피를 빼는 무시무시한 존재이지만, 솔직히 타인의 피로 겨우 연명하고 있다고 보는 것이 더 정확할지도 모른다. 드라큘라는 단 하루도 타인의 피 없이는 살 수 없기에, 그 매력적인 얼굴과 엄청난 피지컬로 하루도 우아하게 즐기지 못하고, 짙은 갈증 속에서 사람들 뒤만 졸졸 따라다닌다.

그러고 보면 태어나서 우리들은 엄마 젖을 삼키는 것으로 세상과 처음 관계를 맺는다. 엄마 젖을 삼켜서 생명을 유지할 뿐 아니라, 따뜻한 사랑은 삼키고 괴로움이나 미움은 뱉는 식으로 세상을 다룬다. 흥미롭게도 드라큘라는 오로지 피만 먹는다, 젖만 먹고 단단한 음식은 먹을 수 없는 아기들처럼. 아이러니하게도 그 날카로운 송곳니를 오로지 빨대 구멍을 뚫기 위한 용도로만 사용하는 것이다. 그러니 드라큘라는 송곳니는커녕 젖니 하나 없는 아주 미숙한 시기의 어린 아기 수준에서 세상과 관계 맺고 있는 것은 아닐까? 사실 드라큘라는 무서운 괴물이 아니라, 극도로 의존적인 아기 같은 존재인 것은 아닐까?

드라큘라는 타인과 일방적인 관계를 맺는다. 사람을 끝없이 찾고 유혹하지만 관계가 지속되지는 못하며, 타인은 오로지 영양원으로서만 의미가 있다. 배려나 죄책감 없이 무자비하게 타인을 '사용'하는 것은 성인의 일상에서 드러날 때 인격장애 수준의 심각한 병리일 수 있다. 하지만 위니코트는 우리 모두가 아주 어린 시절 이렇게 아무 죄책감 없이 타인을 마음대로 휘두를 수 있는 기간이 건강한 심리 발달을 위해서 반드시 필요하다고 말한다. 엄마가 나를 세워주는 것이 당연하고, 자다가도 울면 바로 젖을 주는 게 당연하고, 화난다고 깨물고 발로 차도 웃으면서 안아주는 것이 너무도 당연해서, 고마워하거나 미안해할 필요가 없고, 복수를 두려워할 필요도 없는 시기가 있는 것이다. 이 시기에 아기가 원하는 것이 자연스럽게 충족되지 못하여 눈치를 보기 시작한다면 오히려 건강한 자존감의 형성에 문제가 생긴다.

성인들 중 이러한 '전능한' 시기를 충분히 누리지 못했던 사람들 일부는 소위 '잘난 척' 하는 사람, 혹은 자기중심적인 사람이 되고 전문용어로 '자기애적 인격' 문제를 보인다. 충분히 주인공이 된 적이 없어, 어른이 되어서도 자꾸 자기를 내세우며 타인과 일방적인 관계를 맺는 것이다. 그러나 이들은 사실 타인이 없으면 칭찬 받을 사람도 없고 비난할 사람도 없어서 어쩔 줄 모른다. 겉과 달리 속으로는 타인에게 깊이 의존하는 것이다.

어쩌면 드라큘라는 이러한 전능한 시기를 충분히 누리지 못했던 누군가의 마음 한 구석에 남은 결핍감의 어두운 형상일지도 모르겠다. 그래서 어둠 속에서 우울해하면서 끊임없이 타인을 갈망하는 것이다. 사실 드라큘라가 마음 깊이 바라는 건 밝은 빛 아래에서 사랑하는 사람들과 함께 생(生)을 사는 것일 텐데, 오래된 결핍감을, 그 깊은 갈증을 어찌할지 몰라 피를 빨며 목말라 한다. 그리하여 드라큘라가 그토록 매혹적인 이유는 우리 모두가 어린 마음속(물론 어른이 되어서도)에서 한 번(아마도 여러 번)은 드라큘라였던 적이 있었기 때문이다.

좀비

좀비는 늙지 않고 죽지 않는다. 좀비는 과연 영생을 얻은 것일까?
혹시 죽음을 잃은 것은 아닐까?

　좀비는 죽지 않는다. 먹지도 않고, 싸지도 않고, 자지도 않고, 아
픔을 느끼지도 않는다. 번거로울 일 없는 영생이라니 좋을 법도 하
다. 하지만, 웃는 좀비는 없다. 예술을 하는 좀비도 없고, 사랑을 하
는 좀비도 없다.

　영생이 우리 모두의 꿈이기는 하지만, 한편으로 우리는 마음 속
깊이 영생의 저주를 알고 있는 것일 테다. 죽음이라는 끝이 없다면,
이 삶에 어떤 기쁨도 설렘도 없을 거라는 깊은 깨달음. 살아있음은
필멸과 뗄 수 없이 연결되어 있다는 것. 무한을 얻을 때 우리 영혼
은 좀비의 딱딱한 육체처럼 메말라버릴 거라는 것.

　그렇다고 좀비가 아무것도 안 하는 것은 아니다. 좀비는 강렬

한 갈망 속에 있다. 살아있는 사람을 죽이겠다는, 죽여야 한다는 강박. 좀비는 왜 사람들을 죽이려고 할까? 드라큘라처럼 산 사람의 피가 필요한 것 같아 보이지도 않는다. 그런데도 좀비는 제 인생에 별로 보탬이 될 것 같지 않은데도 기어이 살아있는 사람을 찾아 죽이려든다. 생명에 대한, 삶에 대한 시기는 아닐까? 자신에게 존재하지 않는 것을 없애고자 하는 파괴적 본능.

정신분석가 멜라니 클라인은 질투와 시기를 구분했다. 마음에 힘이 있고 삶에 대한 긍정적인 감각이 있을 때 우리는 내게 없는 것을 가지고 싶어 한다. 쉽게 얻을 수 없으면 애타게 갈망하고, 가진 사람을 부러워한다. 이때 내게 없는 것을 향한 갈망은 삶에 목표와 활력을 준다(질투). 하지만 어떤 사람들은 가지려고 노력하는 대신, 차라리 파괴해서 아무도 가질 수 없게 만들어버린다. 결핍을 삶의 일부로 담아내는 대신 욕망의 대상을 파괴하는 것이다(시기). 문제는 이러한 파괴는 그 대상에서 멈추지 못한다는 것. 케이트 배로스는 이렇게 썼다. "자기가 원하는 무언가를 가지고 있는 사람을 공격하는 것은, 그 사람과 관계를 맺고 그 사람으로부터 무언가를 받아들일 수 있는 자신의 능력도 공격하지 않고는 불가능하다."[2]

김용의 무협지 『천룡팔부』에서 마부인은 사랑했던 단정순과 결혼할 수 없다는 게 확실해지자 독을 써 죽이려 하면서 이렇게 말한다. "단랑, 사실 전 당신을 아주 많이 아끼고 사랑해요. 시시때때로 당신을 품에 안은 채 입을 맞추며 예뻐해주고 싶었어요. 다만 당신을 가질 수 없으니 하는 수 없이 당신을 망가뜨리는 거예요." 단정순의 '살'을 가지기 위해 어깨를 물어뜯은(상징적 소유와 실제 소유를 구분하지 못하는 이 무능력은 시기라는 감정과 연관되는 심리 상태의 특징이기도 하다) 마부인은 결국 단정순의 손에 죽는다.

소중한 것을 공격하다 보면, 스스로의 내면이 무너지고 시들게 되는가 보다. 그렇게 우리는 문득 좀비가 되는 것이다.

이름

정치철학자 루이 알튀세르는 파란만장한 삶을 살았다. 철학적 천재성을 과시하면서 시대를 이끌었으나 극단적 우울과 조증을 반복해서 경험했고, 수차례 전기경련치료를 받았고, 아내를 목 졸라 죽이고 정신병원에 오래 입원했다. 논란을 일으켰던 자서전에서 그는 자신의 이름에서 운명을 읽는다.

"뤼(Lui), 그것은 곧 뤼(Louis)였으며, 내 어머니가 사랑했던 내 삼촌이지 나는 아니었다."[3]

알튀세르의 아버지는 사실 어머니가 사랑했던 사람의 동생이었다. 연인이 전쟁에서 죽자 어머니는 그 동생과 결혼하여 알튀세르를 낳는다. 그리고 아들에게 연인의 이름을 붙인다. 알튀세르는 자서전에서 자신의 뒤틀린 삶은 결국 이름 때문이라고 결론지으며, 아들에게 죽은 연인의 이름을 붙인 엄마의 왜곡된 욕망이 자신의 삶에 깊은 그늘을 드리웠다고 말한다. 그에게 이름은 나라는 존재에 우연히 붙은 딱지가 아니라, 우리 존재 자체를 관통하여 삶을 저 깊은 곳에서 규정하는 것이었다.

인간의 이름은 내가 나를 모를 때 누군가 정해준다. 우리는 낯선, 하지만 어느새 너무도 익숙한 소리 속에서 자신을 발견한다. 그리고 그 부름에 전(全) 존재를, 마치 옷걸이에 옷을 걸 듯, 건다. '건종'이란 내 이름이 '건빵'(초등학교 때 별명이다)이었다면, 내가 지금의 나일까? 내가 나 자신에 대해서 느끼고 세상 속에 존재하는 방식이 지금과 똑같았을까? 실제로 미국과 영국에서 이름과 직업과의 연관성을 분석한 연구를 보면 사람들은 이름과 연관된 직업을 가질 가능성이 유의하게 높았다. 그러니까 성이 '베이커(Baker)'인 사람은 음식 관련 직업에 끌리고, '림(Limb)'이라는 성을 가진 가족 중에는 의사가 많으며, '스미스(Smith)' 집안은 기계를 많이 다룬다는 것이다. 그래서 정신분석가들은 내담자의 말들 속에서 중요한 이름들이 흘러나오는 순간을 놓치지 않는다. 그리고 그 이름이 연상 속에서 어떤 생각이나 사건과 연결되는지 살핀다. 어떤 대상들은 오로지 그 중요한 이름과 발음이 비슷하다는 이유만으로 우리 마음속에 깊은 자국을 남긴다.

유대교 신비주의인 카발라에서는 신의 이름을 부르지 않는다. 이름으로 규정되는 것과 신의 속성 사이에 심오한 불일치가 있다는 것을 그들은 느꼈던 것이리라. 거꾸로 이름이 있어야 우리는 한 명의 고유한 존재가 된다. 『오디세이아』에서 오디세우스는 눈이 하나

밖에 없는 폴리페모스에게 자신의 이름을 "아무도 아니(Nobody)" 라고 알려준다. 폴리페모스는 도와달라고 동료 키클로페스들을 부르지만, 범인이 "아무도 아니"라고 외친다. 키클로페스들이 혼란에 빠진 틈에 오디세우스는 도망칠 수 있었다. 인류 역사 최초의 기록된 언어유희는 이름에 대한 것이었고 여기 목숨이 걸려 있었다.

거울

우리 모두는 거울 앞에서 마음 깊이 당황한다. 납작한 평면이 깊은 공간으로 변하는 마법. 거기 있지만 거기 없는 환영. 무엇보다 거울 속엔 항상 내가 있다. 평소엔 보이지 않는 나, 내가 모르는 나. 항상 나인 나이지만 거울이라는 반칙이 없으면 볼 수 없는 나. 나를 응시하는 나.

라캉은 우리가 거울을 통해, 몸 전체를 처음으로 일별하는 경험을 통해 전체로서의 나를 처음으로 인식한다고 했다. 문제는 이 인식에는 어쩔 수 없는 왜곡과 관점의 뒤얽힘이 존재한다는 것이다. 내가 나로서 내 몸 속에 존재하는 느낌과 다인의 시신으로 관찰하는 나의 외적 이미지 사이에는 화해할 수 없는 거리가 있다.

"고골은 거울 앞에 서서 오랫동안 계속해서 자기를 응시하는 버릇이 있었다고 한다. 완전히 자신에게 몰입했을 때 그는 낯설고 혐

오스러운 느낌으로 자신의 이름을 반복해서 부르곤 했다."[4]

거울 속 나의 눈을 깊이 들여다보는 것은 그래서 위태롭다(젊을 때 술 마시고 아파트 엘리베이터를 타면 항상 이 짓을 했다). 보이는 나와 보는 내가 무한하게 중첩되는 그 가늠할 수 없는 차원의 뒤얽힘이 우리 모두의 자아 속에 있다. 장난 같은 에셔(M. C. Escher)의 그림이 우리에게 그토록 매혹적으로 다가오는 이유도 어쩌면 이 때문일 것이다. 에셔의 그림은 안이 밖이 되고 밖이 안이 된다. 새가 날아가다 보면 물고기가 되고, 계단을 오르다 보면 아래층이 나온다. 분명히 이상한데, 이상하지 않은 상태에서 이상한 상태로 바뀌는 지점을 아무리 들여다봐도 찾을 수 없다. 몸을 가득 채우는 감각과 의식으로 구성된 나와 거울로 보는 내가 뒤섞이는 지점을 도저히 분리할 수 없듯 말이다.

"거울아, 거울아 세상에서 누가 제일 예쁘니."

마녀는 묻고, 거울 속 존재는 백설공주가 가장 예쁘다고 대답한다. 마녀는 거울 속에서 타인의 시선을 만난다. 제 눈으로 자신을 보지만, 타인의 시선으로 타인과 비교해서 자신을 본다. 스스로 예쁘다고 확신하지 못하고 거울이 이야기해줘야 믿는다. 이처럼, 거울을 통한 나 자신의 인식에는 항상 타인의 관점이 뒤섞여 있다.

나르시스는 연못에서 자신을 본다. 그리고 반한다. 나르시스가 반한 것은 자신일까 타인일까? 신화 어디에서도 나르시스가 연못에 비친 이미지를 자신으로 생각한다는 표현은 없다. 나르시스는 '저' 사람에 매혹되고 빠져든다.

거울 속에서 우리 모두는 타인이다.

이상한 말이지만, 우리는 나 자신과 동일시하려고 노력하면서 사는 건지도 모르겠다. 거울 속에 비친 나를 나라고 생각하려고 노력하듯, 내가 내가 되는 방법은 나인 척하는 방법뿐인지도 모른다. 안나 프로이트는 이에 대해서 재미있는 우화를 들려준다.

"세살 아기의 방에 의자가 네 개 있다. 첫 번째 의자에 앉으면, 깊은 밤 아마존 강을 거슬러가는 탐험가이다. 두 번째 의자에서 아기는 포효하며 유모를 겁주는 사자이다. 세 번째 의자에서는 바다를 항해하는 선장이다. 그러나 마지막 네 번째, 가장 높은 의자에서 아기는 단순히 자기 자신인 척하려고 노력한다."[5]

그늘

단조의 음악들을 좋아한다. 모차르트의 환상곡 두 곡(K.397과 K.475)
은 각각 D단조와 C단조인데, 형식을 버리고 내면으로 침잠하기 위
해서는 반드시 단조가 필요했으리라 혼자 생각한다. 글렌 굴드가
연주하는 K.475를 들으면 굴드 특유의 명료한 스타카토 속에서 말
로 표현하기 어려운 아득한 어둠 같은 것이 드리우는데, 이는 우리
가 흔히 음악에서 기대하는 기쁨이나 슬픔과 같은 감정의 영역이
아니라, 어떤 존재 자체의 그늘인 듯 느껴진다. 그래서인지 존 버거
는 굴드의 이 연주에 대해서 "그는 이미 죽었던 사람이 그 음악을
연주하기 위해서 다시 세상으로 돌아온 것처럼 연주합니다"[6]라고
말했다.

　내가 음악에서 찾는 이 미묘한 어두움을 어떻게 표현할 수 있을
까 궁리하다가, '그늘'이라는 단어가 제일 적당한 것 같다고 생각

했었다. 그리고 음악뿐 아니라 문학에서도 그늘에 끌려왔다는 것을 깨달았다. 문태준 시인은 시집『그늘의 발달』뒤표지에 이렇게 적는다.

"나의 하루가 또 그늘을 짓고 말았다고 나는 어제 나에게 말했다. … 나와 나의 세계를 오로지 설명할 수 있는 둘레로서의 그늘. 나는 발달하는 그늘을 보았다."

시인은 그늘로 둘러싸인 세계를 본다. 나아가 "우리는 그늘을 앓고 먹는 한 몸의 그늘"이라고, 우리 존재 안팎을 이루는 핵심으로서 그늘에 대해서 말한다.

존재하는 모든 사물이 필연적으로 지닌 것. 몸뚱아리 움직여 세상 앞에 나서는 우리 모두를 뒤에서 붙잡아주는 것. 빛 받는 만큼, 정확하게 그만큼 세상에 드리우지만, 어떤 흔적도 남기지 않고 침범하지도 않는 극히 가벼운 그것. 어둑어둑하고 서늘하고 비어 있는 듯하지만 꽉 차 있는 그것.

인간 내면에서 그늘의 중요성에 대해서 처음 언급한 건 정신분석가 카를 구스타프 융이었다. 융은 모든 인격의 내면에 드리워진 그림자에 대해서 말하면서, 외적 인격인 페르소나와 내적 그림자를 통합하는 일의 중요성에 대해서 말한다. 융은 우리가 의식하고 자랑하고 좋아하는 것이 아니라 우리 내면에 존재하는 잘 모르겠고 불편하고 어색한 부분을 그림자라고 부른다. 그는 이렇게 쓴다. "인간 속에서 진정으로 창조적인 것은 언제나 당신이 가장 작게 기대하고 있는 것으로부터 온다, 아주 작고 눈에 띄지 않는 것에서. 그러므로 그림자는 사람에게 아주 중요한 부분이다."

외향적이고 사교적이고 적극적인 사람들이 의외로 몸이 조금만 아파도 놀라고 불안해하는 경우를 자주 만난다. 합리적으로 생각하고 논리정연하게 말을 잘하는 사람이 일단 한 번 우울해지면 기분을 감당하지 못하고 일상이 갑작스럽게 무너지기도 한다. 만년 우울하고 항상 지쳐 있는 사람이 이상하게 미래에 대해서는 낙관적이고 타인을 별로 의심하지도 않고 좋아한다. 그림자가 드러나는 순간들이다. 또 내게 피해주는 것 하나 없는데 이상하게 눈에 밟히고 미운 사람들이 있는데, 융은 우리가 그들에게서 우리 마음 속 그림자를 발견하기 때문이라고 말한다.

그늘은 존재의 배면이자 부속이지만, 가만히 들여다볼 수 있다면 삶에 훨씬 풍성한 깊이를 주며, 어떤 땐 존재 자체를 질적으로 변화시키는 강력한 태풍이 된다. 그러한 태풍을 맞닥뜨리는 일은 항상 불안하지만 피할 수 없는 일이며, 태풍이 휩쓸고 간 자리에 드러나는 절개지에는 언제나 예상치 못한 것이 모습을 드러내기 마련이다. 심지어 사랑 역시 그 그늘에서 태어나고 자란다.

"결점과 나약함, 부족함처럼 사람의 마음을 끄는 건 없어. 이들을 통해 우리는 사랑하는 이의 영혼, 다른 모든 평범한 이들과 닮아 보이고픈 욕망으로 늘 감춰져 있는 그 영혼 속으로 들어가게 되는 거니까 말야."[7]

우리가 사랑에 빠지는 순간을 생각해보면 과연 그렇다. 우리는 상대가 우리에게 보여주고 싶어 하는 그 모습에 반하지 않는다. 치잘한 얼굴과 환한 미소는 호감은 줄지언정, 매력이 사랑은 아니다. 사실 누군가가 우리 마음속에 들어오는 순간은, 당신이 문득 멍한 표정을 지을 때, 무너져 울고 있을 때, 당황하여 갑자기 고개를 돌릴 때, 그리하여 감춰왔던 그늘이 문득 드러날 때 아닌가!

피부

오래전, 연애 시절에 여자친구(지금의 아내)와 다투고 몇 달 떨어져 있던 때가 있었다. 제주도에서 인턴 생활을 하던 때였다. 연락 끊고 한 달쯤 지나니 몸이 조금씩 가렵기 시작하더니, 증상은 점점 나빠졌다. 낮에 일할 때는 잘 모르겠다가 저녁이 되어 쉬고 있으면 몸 여기저기가 견딜 수 없이 간지러웠고, 긁다 보면 피부가 조금씩 부풀어 오르면서 검게 변했다. 뭐 이러다가 낫겠지, 가을이라 꽃가루 때문이겠지 생각했지만, 증상은 더 심해졌고, 배와 등 여기저기가 검게 변해서 나중에는 부끄러워 대중목욕탕에 가는 것조차 힘든 지경이 되었다.

용기 내어 물어보니 피부과 친구는 색소성 담마진이라는 진단을 내렸다. '원인은 모르고 약도 없다. 검게 변한 피부 병변은 나아질 수도 있고 나아지지 않을 수도 있다.' 나아지지 않을 수도 있다니….

걱정하던 증상은 반년쯤 후 여자 친구와 화해하고 다시 만나기 시작하면서 어느 날 나도 모르게 씻은 듯 사라졌다.

그로부터 이 년 후, 아내가 직장을 쉬면서 몇 달 티베트에 여행가 있을 때, 갑자기 무릎과 팔꿈치에 붉은 반점이 돋으면서 또 미칠 듯한 가려움증을 앓았다. 그제야 내 피부 증상과 아내의 부재와의 연관성을 의심하기 시작했다.

참 이상하고 신기하고 민망하네 싶었지만 가볍게 생각했던 이 경험을 깊이 들여다볼 수 있게 된 것은 정신분석을 공부하기 시작하면서부터였다.

프로이트는 이렇게 쓴다. "자아는 궁극적으로 신체 감각으로부터 유래한다. 특히 그 원천이 신체 표면에 있는 감각들로부터 유래한다."[8]

프로이트는 인간의 자아가 피부에서 시작한다고 말한다. 신체 표면의 감각에서 시작하여 '나'라는 존재의 희미한 씨앗이 자라나는 것이다. 토마스 옥덴은 '자폐접촉자리'라는 개념을 통해, 인간 정신이 피부에 뭔가가 닿는 느낌에서 시작된다고 했다. 그에 따르면 어른이 된 우리도 가끔씩은 폭신하고 부드러운 감촉으로 위로 받고, 확고하고 단단한 감촉에 의지한다. 프랑스 정신분석가 디디에 앙지외는『피부자아』라는 책에서 이 전제를 더욱 심화시킨다. 앙지외는 심지어 가려움증은 자기에 대한 관심을 불러일으키기 위한 것이라고 주장했다.

"이것은 어린 시절에 어머니와 가족으로부터… 부드럽고, 따스하고, 확고하고, 안심시켜주는 접촉, 그리고 특히 의미 있는 접촉을 할 수 없었던 피부였다. 여기서의 가려움은 사랑하는 대상에 의해 이해받고 싶어 하는 가려움(욕망)이다."[9]

인간의 피부에 대해서 가장 깊이 탐험한 화가는 루시안 프로이트(그렇다. 프로이트의 손자다)였다. 프로이트(루시안)는 평생에 걸쳐 인물화를 그리면서, 대상의 피부를 묘사하는 데 초점을 맞췄다. 프로이트의 그림에서 인물(그리고 동물)의 피부는 마치 화가가 손으로 만지고 있는 것 같은 생생한 느낌을 준다. 그의 붓은 손의 연장이며(물리적으로, 은유적으로, 심리적으로, 무의식적으로), 그 손은 바로 저 육체를 더듬고 쓰다듬고 애무하는 섬세하고 한껏 예민한 피부이다.

프로이트의 그림 앞에 선 감상자는 인물을 사교적인 거리에서 만나는 것이 아니라, 당장이라도 그 살결을 만질 수 있을 정도로 가까이 다가간 듯 경험한다. 이러한 강렬함은 프로이트를 현대 최고의 화가 중 한 명으로 만들었지만, 자기애적이고 공감이나 배려가 부족했던 프로이트의 성격에 대한 이야기들은 그의 그림을 그냥 편안하게 감상하는 것을 방해하기도 한다. 프로이트 그림은 한편으로 우리 모두에게 강렬한 촉각적 경험을 전달하지만, 다른 한편으로 이는 일방적이고 무례한 침입의 결과일 수 있는 것이다(프로이트는 딸의 누드를 여러 장 그렸고, 그럴 때 어색하지 않았느냐는 질문에 당당하게 '전혀 그런 감정을 느낀 적이 없고 그냥 그림일 뿐이다'라는 식으로 대답했다. 이 노골적인 부정과 억압의 역동 속에서 프로이트 그림의 뻔뻔함과 연약함이 동시에 태어날 것이다).

같은 맥락에서 해리 할로우의 유명한 원숭이 실험 역시 피부 접촉이 인간뿐 아니라 모든 포유동물들에게 영양 섭취 이상으로 중요한 욕구라는 것을 충격적인(그리고 비윤리적인) 방식으로 보여주었다. 할로우는 갓 태어난 새끼 원숭이들을 엄마로부터 분리하고 행동을 관찰했다.

대표적인 한 실험에서 새끼 원숭이들은 우유가 있는 철망과 담요를 감아놓은 철망이 있는 우리에서 생활하게 되었는데, 잠깐 배고플 때 옆 철망으로 넘어가 우유를 빨고는 곧장 담요로 돌아와 몸을 비비며 웅크리고 있었다. 결국은 실험대상이 된 새끼원숭이들에게 만성적 정신적 문제를 일으킨 이 실험(원숭이들은 친구와 놀지도, 짝짓기를 하지도 못했고, 암컷들은 새끼를 키울 능력도 없었다)을 통해 역설적이게도(루시안 프로이트처럼) 할로우는 살을 맞대는 일의 중요성을 증명했다. 프로이트(지그문트)의 말은 그러므로 이렇게 다시 써볼 수 있을 것이다. "자아는 궁극적으로 '타인의 피부와 맞닿음으로써 생겨나는' 신체 표면의 감각들로부터 유래한다." 정서신경과학자 앨런 쇼어는 아이의 뇌가 정상적으로 발달하기 위해서는 '타인의 뇌'가 필요하다고 말한 적이 있다. 거기에 우리는 '타인의 피부'를 덧붙여야 할 것이다.

피부, 두 번째

오래전부터 프랑스 시인 폴 발레리의 시 한 구절을 참 좋아해왔다. 이유는 알 수 없는데 작게 소리내어 읊조리고 나면 이상하게 기운이 나고 용기가 솟았다.

바람이 분다. 살아야 한다.[10]

이 시구 때문에 자살 시도 직전에 멈출 수 있었다는 분도 만난 적이 있다. 그런데, 바람이 부는 거랑 사는 거랑 무슨 상관인가? 이 시구의 직관적이고 보편적인 힘은 어디서 나오는 것일까? 바람이 우리의 무엇을 건드리는 것일까?

바람이 건드리는 것은 일차적으로 피부이다. 보이지 않는 바람은 거대하고 부드러운 손길이 되어 우리 살결을 쓰다듬는다. 살아

야 한다는 의욕은 여기서 솟아나는 듯싶다. 삶에 대한 의지는 피부
에서 시작되는 것이다. 어머니의 손길보다 더 오래된 지구의 손길
로부터. 이런 해석이 자의적인 것이 아니라는 확신을 발레리의 다
른 문장에서 얻었다. 발레리는 한 에세이에서 이렇게 쓴다. "가장
심오한 것은 피부입니다. … 게다가 골수, 뇌, 느끼고, 괴로워하고
생각하고 … 깊이 있게 되기 위해 필요한 모든 것 … 이러한 것들은
바로 피부의 발명품들입니다!"[11]

피부, 세 번째

피부는 우리를 세상과 구분해주지만, 세상과 만나고 세상으로부터 위로 받는 통로가 된다. 하지만 어떤 경우 두렵고 불안하고 아픈 우리는 자신을 지키기 위해 피부를 방패처럼, 갑옷처럼 사용한다. 이들은 피부 속에 숨어서 웅크리고 세상을 거부한다.

마릴린 먼로와 정신분석가 랄프 그린슨의 만남을 그린 소설 『마릴린, 그녀의 마지막 정신상담』에서 마릴린 먼로는 이렇게 말한다. "하지만 사람들이 이해하지 못하는 게 있어. 드레스가 내 피부에 붙은 게 아니라 내 피부 자체가 살로 만들어진 옷과 같다고 할 수 있어. 옷과 같은 피부 덕에 난 벌거숭이가 될 일은 없지."

어머니의 정신질환으로 일찍 어머니 품을 떠나 양부모 집과 고아원을 전전하며 매우 불안정한 환경에서 성장했던 마릴린 먼로는 극도로 취약한 자아를 지니고 있었다. 먼로는 모든 사람을 매혹했던 외모 뒤에 숨어 있었다. 먼로는 피부가 자신을 지켜주고 감춰주는 옷이고 갑옷인 양 그 속에 숨어, 사랑을 애타게 갈망하지만 사람이 무서워 어쩔 줄 모르는 무력한 어린 소녀로 평생을 살았다. 그린슨은 먼로를 돕기 위해 최선을 다했으나 실패했고(먼로가 약물과용으로 사망한 현장을 가정부가 맨 처음 발견했고, 곧이어 경찰보다 그린슨이 먼저 도착했다고 한다), 먼로에 대해서 묻는 기자의 질문에 "그녀는 나의 아이, 나의 고통, 나의 누이, 나의 정신착란이었지"라고 대답했다.

이러한 갑옷으로서의 피부의 현대적 형태는 근육이다. 심리적으로 무력한 현대인들은 자신을 지키는 수단으로 근육을 만드는데, 사실 이 반질반질하고 울퉁불퉁한 근육들은 실생활에는 아무런 쓸모가 없는 것이다. 오로지 자신이 괜찮다는 느낌, 강인하다는 느낌을 위해서 아이언맨이 수트를 입듯 근육을 장착한다.

그러나 보호막이나 갑옷처럼 나를 지켜주는 피부는 바로 그렇기 때문에 어떤 순간에 나를 가두고 숨 쉬지 못하게 하는 답답한 껍질로 느껴지게 된다. 이런 성격 병리를 가진 사람들 중 일부가 자해를 하는 이유는 비닐이나 고무처럼 답답하게 자신을 옥죄는 이 표면에 틈을 내기 위해서이다. 이들은 살이 벌어지고 빨간 피가 흘러나올 때 강렬한 해빙감을 경험하는데, 피저럼 자신이 감금상태로부터 잠시나마 자유로워진다고 느끼는 것이다. 하지만 이 틈은 금세 메꿔지며 흉터가 되어 더 딱딱해진다. 갑옷에 일시적으로 틈을 내는 불가능한 방식이 아니라, 갑옷 자체가 필요 없는 상태를, 보드라운 피부에 세상이 닿는 것을 허락할 수 있는 그런 상태로 나아가야 한다.
피부가 벽이 아니라 문이 되는 순간까지.

입

아이들은 곧잘 깨문다. 엄마한테 안겨 있다가 엄마가 못 견디게 좋으면 뺨을, 손을 깨문다. 저보다 힘센 형이 타고 있는 자전거를 빼앗아 가면 형을 깨물고 자전거 핸들을 깨문다. 어릴 때, 혹은 졸릴 때, 원시적인 깨물기 충동을 덮고 있던 억제가 풀리면 아이는 좋아도 깨물고 싫어도 깨문다.

그리고 깨물기 이전에 삼키기가 있다. 세상에 막 태어난 아이들은 손발을 움직일 줄도 모르고 눈도 잘 안 보인다. 오로지 꿀꺽꿀꺽 삼키는 입만이 있을 뿐이다. 아이들은 그 입으로 삼키고 울고 다시 삼킨다.

프로이트는 사랑은 근본적으로 구강적인 욕망이라고 했다. 우리가 누군가와 사랑에 빠질 때 우리는 입술과 혀로 서로에게 닿으려 한다. 나아가 상대방을 모두 마셔 버리고 삼켜 버리고 싶어진다. 그럴 수 없으니, 감질나서 서로에게 더욱 절박하게 파고든다.

셰익스피어는 입이라는 기관이 일으키는 강렬한 충동이 어디까지 가 닿는지 잘 알고 있었다. 장시 〈비너스와 아도니스〉에서 소년 아도니스와 사랑에 빠진 비너스는 멧돼지의 이빨에 받혀 세상을 떠난 아도니스를 발견한다. 깊은 슬픔 속에서 멧돼지에게 저주를 퍼붓던 비너스는 그런데 어느 순간 이상한 관능 속에서 멧돼지에게 공감하며 이렇게 말한다.

내가 저 돼지처럼 이빨이 있었다면, 나 고백하리니
나 역시 그에게 입 맞추면서 그를 그만 죽이고 말았을 것이네

권위적인 아버지와 차갑고 무심한 어머니 밑에서 성장했던 화가 프랜시스 베이컨은 평생 입에 천착했다. 그의 입은 비명 지르는 입이고 집어삼키는 입이고 물어뜯는 입이다. 하지만 동시에 저 입이 갈구하는 것이 사랑이라는 것을 우리 모두는 직관적으로 느낄 수 있다. 그래서 그의 그림은 무섭거나 흉하지 않고, 슬프다. 그는 "모네가 석양을 그리듯 나는 입을 그리고 싶다"라고 말했다. 베이컨의 그림을 분석하면서 크리스토프 도미노는 이렇게 쓴다. "공개적이면서도 내밀한, 우리 껍질의 창구인 입은 물론 말하는 기관이다. 그러나 입은 삼키기도 하고, 빨기도 하고, 숨쉬기도 하고, 고통스러워하기도 하고 씹기도 한다. 입은 육체의 신비를 걷어낸 깊이일 뿐인 내면으로 접근하는 입구이다. 입은 심연처럼, 성기처럼, 또 우리 몸에

뚫린 모든 구멍, 관, 항문처럼 우리를 유혹한다."[12]

우리 몸 중에서 부교감 신경이 가장 풍부한 곳이 입술이다. 그래서 우리는 긴장할 때 저도 모르게 입술을 물어뜯거나 손으로 만지작거린다. 마음의 평화를 위해서다. 또 우리는 담배를 입에 물고 오징어를 질겅질겅 씹고 술을 마신다. 키스할 때 우리가 느끼는 흥분에 배어 있는, 물속에 잠기는 것 같은 평온의 감각을 생각해보라.

말라르메 말대로, 하루 종일 축축한 살덩어리를 입 안에 머금고 우리가 이토록 아무렇지도 않을 수 있다는 것은 참으로 신기한 일이다. 말랑말랑 축축한 혀가 우리 몸에서 가장 단단한 치아(이빨이라고 쓰는 게 더 적절한 느낌이다. 이빨은 뼈보다 네 배 더 단단하다. 물어뜯어 상대방의 뼈까지 부러뜨리기 위해서다)에 감싸여 있다. 평화의 기관과 죽음의 기관이 따듯하고 축축한 침 속에서 하루 종일 닿아 있는 것이다. 그게 입이고, 삶인가 보다.

입, 두 번째

하루 일을 마치고, 집에 와서 밥 먹고 애들 챙기고 재우고 나면 잠깐 어른들만의 시간이 생긴다. 마음 같아서야 운동도 하고, 책도 읽고, 원고도 쓰고, 보람찬 일들을 하고 싶지만, 현실은 티브이 방에서 아내와 소파에 널브러져 〈맛있는 녀석들〉을 본다. 전에는 영화를 골라 보기도 하고, 미드도 보고, 재미있다는 드라마를 보는 때도 있었지만, 결국은 다시 〈맛있는 녀석들〉로 돌아와 멍하게 남이 먹는 것을 바라본다. 그러면서 탄산수 한 잔을 마시고 쥐포를 씹고 아이스크림을 죄책감과 함께 빨고 과자를 먹는다. 내일 점심때에는 바로 저것을 먹으리라 다짐도 한다(실제로도 가끔 약속이 있다고 거짓말하고 혼자 병원을 나와 짜장면 시켜 먹고, 육개장, 칼국수도 먹는다). 그러다가 배를 두드리며 잠자리에 누우면서 내일은 보람찬 일을 해봐야지, 기필코 다이어트 해야지 다짐하지만, 절대 그런 일은 일어나지 않으

120

리라는 것을 사실 잘 알고 있다.

왜 자꾸 〈맛있는 녀석들〉을 보게 되는 것일까 생각해본 적이 있다. 드라마처럼 집중해서 줄거리를 따라갈 필요도 없고, 주인공에 감정이입 되어서 슬프고 불안하고 두려워할 필요도 없으니, 가볍게 보기에는 딱 좋아서 그렇다 싶다. 하지만 그것만은 아닌 것도 같다.

요즘 우리들에게 먹는 일은 건강을 위한 전략이거나, 무절제의 상징이고, 살찌게 만드는 죄악에 가깝다. 하지만 그전에 먹기는 삶의 가장 근원적인 욕구이고, 일상을 구성하는 가장 중요하고 규칙적인 루틴이다. 깊은 위로와 만족감을 주는 원천이고, 나눔의 가장 중요한 방식이다. 손님이 왔을 때 먹을 것을 내놓지 않는 문화는 없고, 브뤼겔의 그림 〈농부의 혼인 잔치〉에서 흐뭇하게 표현되는 것처럼 모든 축제와 잔치에는 풍성한 먹을 것이 함께 한다. 우리뿐 아니라 서구에서도 잔치는 그렇게 배터지게 먹는 행사였던 것이다. 미하일 바흐친의 말마따나 "슬픈 음식이란 있을 수 없다."[13] 바흐친은 축제와 잔치의 풍성한 음식들에 대해서 이야기하면서 "물어뜯고 찢고 씹으며 크게 벌어진 입 속에서 일어나는 세계와 인간의 만남은, 인류 사상과 이미지의 가장 오래되고 중요한 주제"라고 말했다. '먹기' 안에서 우리는 우주와 만나는 것이다.

건강이나 체형, 다이어트에 대한 불안을 잠시 내려놓고 네 명의 친구들이 머리 맞대고 배부를 때까지 맛있는 것을 먹는 〈맛있는 녀석들〉이란 프로는 그래서 저도 모르게 예전의 즐거운 잔치를 재연하고 있는 것은 아닐까 하는 생각이 든다. 그래서 그토록 많은 사람

들이 수많은 '먹방' 프로그램 중 유독 〈맛있는 녀석들〉을 좋아하는
건지도 모르겠다.

소중한 사람과 함께 맛있는 것을 나눠 먹는 일은 그래서 조금 짠
하지만 소중한 일상의 위안이고 기쁨이다. 잠시 생명의 가장 기본
적인 자리로 내려와 깊은(음식은 우리 몸 깊숙한 곳으로 들어가는 것이
다) 위로를 받는 순간. 이렇게 정당화하고 보니 살 빼는 일은 물 건
너갔다.

이

큰 아이 첫니가 빠지던 순간을 선명하게 기억한다. 앞니가 흔들거
린다고 찾아왔기에 손끝으로 살짝 밀어주니 톡 빠져버렸다. 잇몸
안에 동그란 홈이 있고 분홍색 핏물이 조금 고여 있다. 아이는 이가
빠진 자리가 어색한지 혀끝으로 자꾸 더듬어본다. 이상하게도 눈을
뗄 수가 없어서 한참 손바닥에 올려놓고 보다가 아파트라 던져 올
릴 지붕이 없어 조심스레 작은 병에 담아두었다.

아마도 여섯 살쯤 되었지 싶은데, 광주 외할머니 댁에서 참외 먹
다가 이가 빠진 기억이 아직도 선명히 남아 있다. 한참 동안 흔들거
리는 걸 억지로 빼면 아플까 걱정되어 마지막까지 버텼는데, 참외
한쪽 먹고 나서 뭔가 기분이 휑하여 혀로 만져보니 이가 있던 자리
가 비어 있었다. 참외를 조금이라도 더 먹어보려고 급하게 썹어 넘
기다 이까지 꿀떡 삼킨 것이다. 속 시원하기는 한데 허전한 마음이

자꾸 들어 그 후 며칠 동안 혀로 그 자리를 자꾸 메꿔보았다.

이가 빠지는 꿈을 드물지 않게 꾼다. 매번 버텨보려고 안간힘을 쓰는데, 그럼에도 불구하고 어금니와 송곳니가 툭툭 빠져나간다. 꿈속에서도 혀로 휑한 잇몸의 빈자리를 채워보려는 행동을 자꾸 한다.

다른 어떤 상징이나 비유보다도 잇몸에 고인 은근한 피 맛은 마음 깊이 남아 상실이 두려울 때마다 꿈에 출현한다.

귀

『오디세이아』에서 오디세우스는 키르케의 조언대로 세이렌의 노래
를 듣지 못하게 동료들의 귀에 밀랍을 바른다. 그리고 자신의 손발
을 돛대에 꽁꽁 묶고 자신의 말을 절대로 따르지 말라고 명령한다.
이미 아주 오래전부터 우리는 들리는 소리를 듣지 않을 방법은 없
다는 것, 들리는 말에 마음이 동하는 것을 막을 방법은 없음을 알고
있었다.

　청각은 오감 중 가장 수동적인 감각이다. 눈은 감으면 안 보인다.
냄새는 숨을 안 쉬면 된다. 맛은 입을 꽉 다물고 있으면 누가 억지
로 뭘 집어넣을 수 없다. 누가 낮시 않게 밀리 도망치면 만지는 것
도 피할 수 있다. 하지만 소리는 이미 들려버린 것을 어찌할 수 없
다. 귀를 손으로 막기에는 너무 오랜 시간이 걸리고, 설사 막는다 해
도 잘 차단되는 것도 아니다. 멀리에서도 소리는 눈에 보이지 않게

날아오니, 예측하는 것도 불가능하다. 우리는 들리는 소리 앞에서 속수무책이다(그래서 '브루스 윌리스가 귀신이다!'라는 스포일러에 우리는 그렇게 분노했던 것이다).

눈에서는 눈물이, 코에서는 콧물이, 입에서는 침이, 피부에서는 땀이 흘러나오지만 귀에서는 아무것도 나오지 않는다. 귀는 누구도 공격하지 못한다.

셰익스피어 비극『햄릿』에서 햄릿의 아버지이자 덴마크의 왕은 독살 당하는데, 햄릿의 숙부는 왕이 자고 있는 사이 독을 귀에 붓는다. 무방비 상태의, 우리 얼굴의 가장 깊은 곳까지 직접 연결되는 통로인 귀.

귀의 또 다른 문제는 안팎을 구분하지 못한다는 것이다. 정신분석학자들은 인간의 양심 혹은 초자아에 대해서 말하면서 이를 '목소리'로 자주 은유한다. 칼루 싱은 그 이유가 눈으로는 스스로를 볼 수 없으나, 귀는 타인의 목소리와 자신의 목소리를 다 들을 수 있기 때문이라고 말한다. 처음에는 아버지의 목소리에서 나중에는 스스로의 목소리로 우리는 명령하고/받고, 또 비난하거나/받거나 격려한다/받는다. 아빠의 "하지 마"와 내가 나에게 말하는 "하지 마", 아빠의 "잘했어"와 내 "잘했어"는 항상 겹쳐 있어 우리는 이를 구분할 수 없는 것이다. 얼굴과 마음 안팎에서 울리는 목소리인 초자아. "존재는 하나의 귀"라고 노래했던 에밀리 디킨슨은 이렇게 썼다.

난 자연의 보초들로부터 벗어나

홀로 있을 곳을 찾을 수 없었다.

동굴 속에 내 숨었다고 생각하면
벽들이
말을 하기 시작했다.
만물은 나를 드러나 보이게 만드는
거대한 균열인 듯했다.[14]

우리는 목소리로부터 숨을 수 없는 것이다. 아무리 캄캄한 곳에 문을 잠그고 홀로 있어도, 목소리는 들린다. 안팎에서 말을 걸고 비난하고 격려하고 칭찬하는 목소리. 독약처럼 혹은 꿀처럼 우리 마음에 곧바로 스며드는 목소리.

아빠

중학교 삼학년 때였다. 친구와 밖에서 놀다가 함께 우리집으로 들어왔다. 아버지가 돌아가신 지 석 달쯤 지난 때였다. 집 문을 여니 아무도 없는 것 같았다. 나는 "아빠!" 하고 크게 불렀다. '빠'란 단어가 채 입에서 빠져나오기도 전에 가슴이 철렁 내려앉았고 나는 실수를 알아차렸다. '아빠' 소리는 좁은 복도를 지나 거실로 울려 퍼졌다. 친구는 내 바로 뒤에 서 있었다. 햇빛이 따뜻한 봄 오후였다. 거실 바닥에 햇살이 내려앉아 있었지만, 복도는 어두웠다. 우리는 아무 말도 하지 않았다. 잠시 아무렇지 않은 듯 방을 기웃거리다가 나는 "뭐 먹을래?" 하고 물으며 어색한 침묵을 깼다. 돌이켜보니 그때가 내가 마음을 담아 '아빠'라고 말한 마지막 순간이었구나. 평일 오후여서, 살아계셨더라도 집에 계실 시간이 아니었는데. 집에 계셨더라도 아빠라고 부르며 집에 들어서 본 적이 한 번도 없었는데.

그날로부터 삼십 년이 지나, 이제 돌아가신 아버지와 같은 나이가 된 나는, 그 호명이 한 번은 소리 내어 외쳐야 했던 것 아니었나 생각한다. 한집에 있으면서도 아버지는 임종의 순간에 아들을 깨우지 말라고 하셨다. 아들을 보호하고 싶은 마음이셨겠지만, 임종을 지키지 못했다는 서운하기도 하고 죄송하기도 하고 억울하기도 한 복잡한 마음이 그렇게 한 번이라도 아빠를 소리 내어 부르게 만들지 않았나 싶다.

엄마

아이는 일찍부터 '힘들어' '피곤해' 하면서 스스로 이부자리에 가서 눕더니 새벽 한 시쯤 되어 열이 오르는지 끙끙거렸다. 컴컴한 어둠 속에서 눈 감은 채로 '엄마, 엄마' 부른다. 엄마, 엄마….

처가에서는 과속방지턱을 '엄마야'라고 부른다. 신혼 초에 궁금해서 이유를 물어 보니 아내가 중학교 때 온 가족이 드라이브를 하는데 갑자기 나타난 과속방지턱에 놀란 장인어른이 '엄마야'라고 외쳐서 그리되었다고 한다.

다 큰 우리도 정말 놀라는 순간에, 정말 괴로운 순간에, 오랜 시간 동안 쌓아온 경험과 여유와 자의식의 껍질이 문득 부서지는 순간에 나도 모르게 엄마를 부른다. 엄마야… 하고 놀라면서 순식간에, 잠깐, 아이가 된다. 엄마! 부르는 그 아이가 평생 우리 마음 한 구석에서 산다.

엄마, 두 번째

동화 『늑대와 일곱 마리 아기염소』에서 집에 돌아온 엄마는 이미
아기염소들을 다 집어삼키고 깊이 잠든 늑대를 발견한다. 엄마는
수고스럽게도 늑대의 배를 열어 돌을 넣고 다시 친절하게 꿰매어준
다. 그리고 잠에서 깨어난 늑대는 힘겹게 발걸음을 옮겨 스스로 호
수에 빠져 죽는다. 어릴 때부터 궁금했었다. 왜 이렇게 번거로운 걸
까. 엄마가 배를 갈라 자식들을 꺼내고, 그냥 그렇게 늑대는 죽게 두
면 되는 거 아닌가?

하지만 정말 엄마가 그렇게 행동한다면 과연 마음이 편할까 생
각해보면 그렇지도 않다. '엄마가 생명을 죽인다'는 아이니어에는
우리를 불편하게 하는 무언가가 있다.

엄마는 사랑으로 가득한 사람이라서 그런 것일까? 그래서 제 자
식을 삼킨 늑대에게도 관대한 것일까? 그럴 리 없다. 한때 우리에게

엄마는 가장 소중한 존재였고, 그만큼 가장 두려운 존재였다. 엄마가 사라지는 순간, 우리는 문자 그대로 목숨을 잃게 되는 것이고, 그 절대적 의존 속에서 엄마는 세상에서 가장 무섭다. 언제든 내 생명을 내팽개칠 수 있는 절대적 존재. 이러한 사실을 인식하는 것은 우리 모두가 감당하기 힘든 '팩트 폭력'이 될 터라서, '죽이는 엄마'라는 두려운 환상을 피하기 위해 본능적으로 이야기꾼은 수고스러운 우회로를 찾을 수밖에 없었을 것이다.

엄마가 무섭다는 것은 우리 모두에게 비밀이다.

엄마, 세 번째

초등학교 삼학년 개학날 운동장에 모였더니 전날 자정 뉴스에 나왔다는 소식이 화제였다. 중국에서 구미호가 아홉 마리 도망쳤는데 그중 몇 마리가 우리나라로 넘어왔다는 것이다. 처음에는 말도 안 되는 소리 말라며 웃어넘겼지만, 아이들은 정색을 했고 며칠 지나지 않아 두려움은 이상한 속도로 부풀었다.

그땐 단독주택에 살았는데, 집을 나와 마당을 가로지르면 초록색 대문 바로 옆에 두 칸짜리 재래식 변소가 있었다. 낮에는 아무렇지도 않다가 가끔 밤이 되어 문득 똥이 마려우면, 나는 불안에 떨기 시작했다.

내 상상 속에서는 초록색 대문이 빼꼼하게 열려 있고, 어둠 속에서 젊고 예쁜 아가씨가 비스듬히 서 있다. 한복 치마가 이상하게 부풀어 있다. 아가씨는 어느새 고개를 내 쪽으로 돌리는데 그럼 무시

무시한 눈빛에 쭈굴쭈굴한 할머니 얼굴이 반대편에 나타난다. 입을 벌리면 날카로운 이빨이 보인다. 치마 아래에서는 꼬리 아홉 개가 삐져나온다. 어둠 속 할머니의 얼굴은 소름끼치도록 무섭다(이 문장을 쓰고 있는 지금도 팔에 소름이 돋는다).

이 이미지에 사로잡히고 나서는 어느새 화장실을 혼자 가는 것이 불가능해져 버렸다. 부모님은 황당한 이야기라며 들은 척도 안 하시고(생각해보면 엄마도 아빠도 참 단호하셨구나. 지금 나 같았으면 따라가 줬을 것 같은데), 누나는 바쁘다며 무시하고, 결국 제일 만만한 동생을 꼬실 수밖에 없었다. 똥 누는 동안 문앞에 있어주면 재밌는 이야기 들려준다고 하면 유치원 다니던 순진한 동생은 또 꾐에 넘어가서, 쭈그려 앉아 힘주는 동안 얼마 전 시민회관에서 봤던 〈우뢰매〉 이야기를 듣겠다며 따라나서 주었다.

여전히 그때를 생각하면 몸에서 소름이 돋고, 이상하게 감당이 안 되는 비릿한 공포가 솟아오른다. 모든 문화권에서는 이처럼 두려운 여성에 대한 이야기들이 존재한다. 원래 마법사보다 마녀가 무서운 법이고(마법사야 제자한테도 속을 만큼 멍청하기만 할 뿐), 바바야가, 메두사, 구미호와 같이 우리를 떨게 만드는 존재는 다 여성이다. 이러한 무서운 여성적 존재가 보편적인 이유는 무엇일까. 위니코트는 이렇게 썼다. "아기 또는 자라나는 아이가 원하는 것이 무엇인지 미리 앎으로써 아기의 신성한 영역을 계속 침범하는 엄마는 실로 두려운 인물, 마녀이다."

얼굴

세상에 태어난 우리가 처음으로 찾는 것은 얼굴이다. 연구에 따르면 인간의 뇌에는 얼굴을 지각하는 영역이 다른 시각 영역과 별개로 존재하며, 이 영역은 시력이 아직 충분히 발달하지 못한 아주 이른 시기부터 작동한다고 한다. 그래서 아이에게 얼굴, 특히 엄마의 얼굴은 최초의 의미 있는 대상이 된다(어떤 연구에서는 엄마의 얼굴을 지각할 때 타인의 얼굴보다 아이의 뇌가 훨씬 활성화된다는 것이 밝혀졌다. 슬프게도 아빠의 얼굴은 타인에 속한다. 말도 안 된다고 주장하고 싶다). 정신분석적 관점에서도 얼굴은 특별하다.

"인간의 얼굴은 자신과 타인을 구분히여 인식하는 네 있어 신체적 중심이다. 얼굴이 보이는 것은 다른 사람이 존재한다는 것을 가리키는 지표가 된다. 아이가 엄마가 없는 것을 알고 공포스러워 할 때, 엄마의 얼굴 이미지가 가슴의 이미지보다 더 아이에게 안도감을 준다."[15]

중요한 것은 아이가 엄마의 얼굴 자체를 구분할 수 있을 뿐 아니라 아주 어린 시기부터 얼굴의 표정을 읽을 수 있다는 사실이다. 그래서 이때 엄마 얼굴이 안도감을 주지 못한다면 문제가 심각해질 수 있다.

폴 세잔은 볼라르에게 "모든 예술의 최종 목표는 인간의 얼굴이다"라고 말했다. 하지만, 그는 평생 사람의 얼굴을 제대로 들여다보지 못했다. 정물과 풍경을 그릴 때의 단호함과 활달함이 세잔의 얼굴에는 없다. 세잔의 초상화들을 보면 눈은 흐릿하고 얼굴의 빛은 흐려져 무너지는 느낌이 든다. 차마 얼굴을 들여다보지 못했기에 세잔은 결국 산과 정물로 시선을 옮겼던 것인지도 모른다.

사생아였던 세잔의 인생에서 가장 중요한 두 여성의 얼굴을 보라(〈예술가의 어머니〉(1867)와 〈마담 세잔〉). 이십대 중반에 그린 어머니의 얼굴과, 사십대쯤 그린 것으로 알려진 아내의 얼굴에서 냉담한 표정의 두 여인은 화가(아들, 남편)의 눈을 피해 먼 곳을 보고 있다. 이상하게 닮은 구도, 이상하게 닮은 차가움. 세잔의 불안, 세잔의 고통의 근원이 여기에 있다고 생각하는 것은 지나친 상상일까?

엄마의 얼굴은 특별하다. 엄마가 세상에서 가장 예쁜 시기가 지나면(세잔처럼 불운하지 않은 경우에 해당될 것이다. 초등학교 이학년 때인가, 새삼 엄마 얼굴을 자세히 들여다보고 "엄마 진짜로 엄마가 미스코리아보다 더 예쁜 것 같아"라고 말한 적이 있다. 내가 이렇게 효자였다), 사실 우리에게 엄마는 더 이상 예쁘지 않다. 그렇다고 못생기지도 않았다. 엄마는 그냥 엄마이며 엄마 얼굴은 그냥 엄마 얼굴이라서, 타인 얼굴의 미모나 매력을 감별하고 비교하는 회로가 엄마에게는 작동하지 않는 순간이 온다.

"우유는 맛있지도 않고 맛없지도 않는데 왜 사람들이 좋아할까?" 일곱 살 때 둘째아들이 우유 한 컵을 한 번에 다 들이켜고 나서, 입가에 묻은 우유를 닦지도 않은 채 물었다. 수면 교육을 하면 따듯한 우유 한 잔을 권하는데, 이는 우유에 수면을 유도하는 특정한 성분이 들어 있어서가 아니라, 엄마 젖을 빨며 잠이 들었던 아주 오랜 기억을 불러일으키기 때문일 것이다. 그만큼 엄마 얼굴은 우리 기억의 가장 깊은 자리를 건드린다.

얼굴, 두 번째

'가장 좋아하는 시 딱 한 편을 고른다면 무엇인가요?' 같은 말도 안 되는 질문을 받는다면 그 대답은 송재학 시인의 〈그가 내 얼굴을 만지네〉가 될 것 같다. 처음 읽고 놀라 아내에게 읽어주었던 신혼 무렵부터, 이 시는 읽을 때마다 뭔가 마음속 깊은 곳을 건드린다.

그가 내 얼굴을 만지네
홑치마 같은 풋잠에 기대었는데
치자향이 水路를 따라왔네
그는 돌아올 수 있는 사람이 아니지만
무덤가 술패랭이 분홍색처럼
저녁의 입구를 휘파람으로 막아주네
결코 눈뜨지 말라

지금 한쪽마저 봉인되어 밝음과 어둠이 뒤섞이는 이 숲은

나비떼 가득 찬 옛날이 틀림없으니

나비 날개의 무늬 따라간다네

햇빛이 세운 기둥의 숫자만큼 미리 등불이 걸리네

눈뜨면 여느 나비와 다름없이

그는 소리 내지 않고도 운다네

그가 내 얼굴을 만질 때

나는 새 순과 닮아서 그에게 발돋움하네

때로 뾰루지처럼 때로 갯버들처럼[16]

"밝음과 어둠이 뒤섞이는 이 숲"은 결국 우리네 마음의 공간일
것이다. 이미 세상을 떠난 그는 "옛날"의 기억 속에서 내 얼굴을 만
진다. 이 세상 사람이 아니기에 울어도 소리가 나지 않는데, 얼굴을
만진다는 촉각적 심상이 등장하는 순간 기억은 현재가 되고, 강렬
한 현존의 감각이 생생하게 솟아오른다. 화자는 발돋움한다. "때로
뾰루지처럼 때로 갯버들처럼."

얼굴을 만지는 행위는 이토록 강력하다. 다른 어디도 아니고 바
로 얼굴이기 때문이다. 우리는 긴장할 때 나도 모르게 얼굴을 만지
고 입술을 비빈다. 불안이 높은 아이들은 흔히 손톱을 물어뜯는데,
이 행동의 목표는 엄밀하게 이야기하면 손톱이 아니라 입술이다.
입술과 얼굴 피부에는 몸의 다른 어느 부위보다 부교감 신경이 많
이 분포되어 있어서, 얼굴이나 입술을 만지는 행위는 우리를 위로

하고 진정시킨다. 심지어 뱃속에서도 태아는 그 꼼지락거리는 손으로 얼굴을 만지곤 하는데, 연구에 따르면 태아가 얼굴을 만지는 횟수는 엄마가 느끼는 스트레스에 비례한다고 한다.

하지만 얼굴은 아무나 만지는 것이 아니다. 심지어 가장 추울 때조차 항상 내놓고 다니는 것이 얼굴이고, 우리는 스스로 하루에 수백 번 제 얼굴을 만지지만, 타인이 내 얼굴을 만지는 것은 전혀 다른 문제이다. 얼굴은 인간 신체 중 가장 공적인 영역이지만, 오히려 그렇기 때문에 허락 없이 얼굴을 만지는 행위는 사회적으로는 가장 침범적이고 모욕적인 행동이 될 수 있다. 그리고 바로 그만큼 가장 친밀하고 에로틱한 행동이 될 수도 있다.

예를 들어 '썸타고' 있는 연인이 밥을 먹는다. 입술 옆에 뭐가 묻어 있는 것을 보고 아무 말 없이 상대가 손으로 쓱 닦아준다. 두근두근, 갑자기 친밀감이 증가하는 순간. 혹은 '왜 이러시는 거예요!' 하고 뺨을 때리는 순간. 얼굴과 연관된 문제라면 아무렇지 않을 수 없다.

기차

기차 타는 것을 좋아한다. 여행이 좋아서이기도 하지만, 이상하게도 기차에 앉아 있으면 집중도 잘 되고, 책도 더 잘 읽히고, 문장도 더 수월하게 흘러나온다. 습관적으로 핸드폰을 집어 드는 행동도 덜하게 되고, 평소에 들여다볼 여유를 갖지 못하고 덮고 지내던 일들을 마음에서 찬찬히 꺼내어 곱씹어 보는 여유까지 생긴다.

왜 기차만 타면 이렇게 집중이 잘되나 그 이유를 골똘히 생각해 본 적이 있는데(역시 기차 타고 가는 중이었다), 우선 창가에 앉아야 하고 풍경이 보이는 게 중요하다는 사실을 알게 되었다. 어두워 풍경이 보이지 않으면 소용이 없고(그래서 밤에 기차 타는 일은 별로 내키시 않는다. 오히려 너무 밝아 잠들기 힘들 뿐이다), 복도 자리에 앉아 풍경을 여유 있게 볼 상황이 안 돼도 마찬가지다.

기차에서 보는 풍경은 승용차나 버스에서 보는 것과 다르다. 기차는 천천히 가속하고 감속하며, 방향 전환도 아주 완만하게 이루어지기에 풍경은 마치 커다란 책을 읽는 것처럼 천천히 밀려오고 물러난다. 평온한 변화 속에서 시간은 흐르는데, 마치 시간을 공간 속에 펼쳐놓은 것처럼 앞을 보면 저 미래가 다가오고, 뒤를 보면 과거가 멀어지는 것 같다. 언제든 간단히 고개를 돌리고 시선을 옮기는 것만으로 미래에서 과거로, 다시 현재로 되돌아올 수 있는 간단한 타임머신까지 소유한 기분이 든다. 그러면서 기차는 대지를 가로질러 새로운 구름과 생경한 산과 낯선 마을을 풍경 속으로 불러들인다.

기차에서 우리는 반복되는 리드미컬한 소리에 항상 감싸여 있다. 나도 모르게 몸과 마음의 박동이 차분하게 조율되는 안온한 백색 소음 속에서 기차는 나에게 다른 어떤 장소와도 다른 원형적 환경이 되어준다. 놀라거나 당황할 필요가 없을 정도로 적당히 통제된 새로움, 주의를 빼앗길 정도로 시끄럽지도 않고, 너무 적막하여 불안해할 필요도 없는 적절한 소음. 그 속에서 마음은 어떤 환경에서보다 집중하여 내면을 여행할 준비를 갖춘다. 기차를 좋아했던 프루스트는 이렇게 썼다.

"나는, 활발한, 그러면서도 마음을 가라앉히는 열차의 온 움직임에 둘러싸여 그것이 나의 동행이 되어주고, 잠 못 이루면 함께 잡담하자고 말 걸어주고, 그 소리로 나를 가만가만 흔들어 주어서, 나는 그 소리를 콩브레의 종소리처럼, 어떤 때는 하나의 리듬에, 어떤 때는 또 하나의 리듬에 짝짓곤 하였다."[17]

그리고, 프루스트의 이 서술에서 엄마의 존재를 발견하는 것은 그리 어려운 일이 아니다. 우리를 안고 얼러주는 엄마 같은 존재로서의 기차에 안겨 우리는 시간 위를 흘러간다.

돈

돈은 중요하다. 소설가 김훈은 돈에 대해서 냉철하게 사유하면서 "돈이 주는 안도감과 돈이 주는 불안감, 돈이 주는 성취감과 돈이 주는 절망감으로부터 우리는 도망칠 수가 없다"[18]라고 썼다. 철없던 이십대, 빚을 내서 의대 공부 뒷바라지 해주셨던 어머니에게 용돈 십만 원도 부치지 않으면서, 첫 월급 타면서 만든 마이너스 통장으로 사업하는 친구에게 이천만 원을 빌려줬다가 떼인 적이 있다. 일주일 후에 갚겠다는 말은 일 년이 넘어갔고, 어느 날 이 친구는 핸드폰 번호를 바꾸고 잠적했다. 오 년 넘게 조금씩 그 빚을 갚으면서, 돈 앞에서 느꼈던 자괴감과 죄책감은 어떤 생각으로도 '정신승리'가 되지 않았다. 돈은 내 일상과 관계뿐 아니라, 의식, 초자아, 욕망을 지배하는 절대적 현실이었다.

실제 임상에서도 연인이 떠나간 상실감은 애도를 통해 정리해갈 수 있고, 어린 시절 부모님께 받은 상처는 마음속 부모와의 감정을 들여다보고 풀어내는 작업을 통해 치유해갈 수 있으나, 현실에서의 돈 문제 때문에 생겨나는 복잡한 갈등이나 죄책감, 자괴감이나 수치심 같은 감정들은 웬만한 작업으로는 잘 아물지 않는다.

돈은 우리 마음에 생각보다 많은 영향을 미친다. 예를 들어 수면 리듬, 취미생활, 패션 감각이 다른 건 좀 불편하기는 하지만 부부 사이에 별 영향을 미치지 않을 것이다. 정치적 입장이 다르면 좀 골치 아픈 문제이긴 한데, 어느 정도는 모르는 척 생활할 수 있다. 이제 사랑이나 신앙이 문제가 되면, 오랜 갈등의 소지가 있으나 생각보다 많은 부부가 적당히 타협하고 산다. 하지만 돈에 대한 태도가 다르면, 결혼 생활은 끊임없는 갈등에 부딪히고, 돈에 대한 입장을 양보하고 타협하는 것이 어쩌면 신앙보다 어렵다는 것을 깨닫게 된다.

《사이언스》에 실린 한 논문에서 심리학자 캐슬린 포스와 동료들은 참여자에게 돈을 생각하도록 하는 아홉 가지 실험을 한 적이 있다. 아홉 가지 실험 전부에서 돈을 연상시키는 이미지를 본 참여자들의 경우 다른 사람에게 도움을 청하거나 도움을 줄 생각이 줄어들었다고 한다.

"예를 들어 실험실 보조원이 실수를 가장해 필통을 바닥에 떨어뜨렸을 때 돈을 생각하도록 유도된 참여자는 떨어진 연필을 주워주는 횟수가 훨씬 적었다. 서류 작업을 도와달라는 요청을 받았을 때 돈을 생각하도록 유도된 참여자가 그 일에 할애한 시간은, 돈을 떠올리지 않도록 유도된 참여자가 할애한 시간의 약 절반 정도에 불과했다."[19]

　그러니까, 직접적 금전 관계가 없더라도, 단순히 돈을 보거나 떠올리는 것만으로 타인을 도울 생각이 사라지고, 혼자 있고 싶어지고, 더 멀리 떨어져 앉고 싶어진다는 것. 과연 돈은 이렇게 우리 내면 깊은 곳에 도사리고 앉아 우리의 일상적 감정과 행동들을 지배하고 기분과 감정을 물들이는, 지독하게 무의식인 것이다. 돈은 그래서 가장 세속적이지만 어쩌면 가장 무의식적이기도 한 대상이다. 프로이트조차 말년의 논문에서 돈의 무의식성에 대해서 날카롭게 표현한 적이 있다.

　"분석가는 돈에 대한 평가에는 강력한 성적 요인도 관련되어 있다고 주장한다. 그는 그 증거로 돈 문제가 문명인에게는 성적인 것과 아주 비슷하게 — 똑같이 모순되고, 얌전한 체 하고, 위선적으로 — 다루어진다는 사실을 지적할 수 있을 것이다."[20]

똥

일곱 살 둘째는 하루 종일 똥 이야기다. 똥꼬 찌르는 장난을 하다가 혼나면 아무 앞뒤 맥락 없이 무조건 똥똥 소리를 내면서 뭐가 그리 재밌는지 깔깔 웃는다. 오줌도 방귀도 꼬추도 좋지만 임팩트는 똥이 최고다.

프로이트는 똥을 여러 가지 의미로 생각했다. 아기가 세상에서 태어나 처음으로 세상에 내놓는 창조물. 처음에는 냄새도 안 나고 차라리 향기가 나는 것 같은 갓난아기의 똥은 '내가 끙 하고 뭔가를 만들어냈더니 엄마가 좋아하네?'와 같은 맥락에서 인간이 엄마에게 주는 최초의 선물이 된다.

하지만 어떤 때 똥은 너무 화나고 짜증나고 밉고 끔찍하여 속에서 뭔가가 부글부글 끓고 있을 때, 그 에너지를 담아 세상을 더럽히고 파괴할 수 있는 폭탄이 되기도 한다. 세상을 오염시키는 지독한 오물.

500년 전 그려진 히에로니무스 보스의 너무도 현대적인 그림 〈쾌락의 정원〉을 보면 몸이 뜯기고 불에 타고 수많은 고문이 자행되는 끔찍한 지옥도 한가운데, 뱃속이 드러난 사람은 뭔가 체념하는 듯한, 그리고 이상하게 만족스러운 듯 평온한 표정으로 우리를 돌아보고 있다. 똥 싼 다음 지을 법한 저 표정을 들여다보고 있자면, 문득 주변의 지옥을 만든 게 저 인간이라는 것을 깨닫게 된다. 뱃속에 담긴 지옥(똥)을 세상에 싸지르고 자신도 그 일부가 되는 우리 모두의 끔찍한, 이상하게 만족스러운 환상.

　　아이가 좀 더 자라면 똥은 이제 꾹 참아야 하고 정해진 장소에서만 내놓아야 하고, 깨끗하게 관리해야 하는 내 육체의 수치스러운 일부가 된다. 나의 통제력에 대한 증명이지만 거꾸로 내가 통제 불능이라는 것을 언제든 만천하에 수치스럽게 드러낼 수 있는 위험한 물건. 부모는 우리에게 똥을 묻히고 다녀서는 안 되고, 똥냄새가 나서도 안 되고, 더럽지 않게 정해진 곳에서만 똥을 눠야 한다고 가르친다. 부모 말씀을 따르느냐 아니면 여전히 똥을 선물하고 싶고 주무르고 싶고 싸지르고 싶은 욕망을 따르느냐 하는 갈등은 우리 모두가 한 번은 통과해야 하는 큰 고뇌 중 하나이다.

　　어느새 우리는 똥을 변이라고 부르고, 똥 싸는 걸 '큰일' 보거나 '잠깐 실례' 한다고 하며 위생적이고 깔끔하게 '그것'을 관리하지만, 우리 모두에게는 똥에 대한(남의 똥 말고 오로지 내 똥에 대한) 미묘한 매혹이 항상 남아 있다. 혼자 뀌는 방귀 냄새를 은밀하게 즐기듯, 혹시 손에 똥이 묻었나 냄새 맡을 때 손가락을 가까이 가져오고 싶기도 하고 멀리 두고 싶기도 하는 복잡한 마음이 드는 것처럼.

칼 아브라함 같은 정신분석가는 예술가들이 물감이나 찰흙을 만지작거리며 작품을 만드는 작업을 어린 시절 엄마 몰래 똥을 주물럭거리고 싶은 충동이 승화된 것이라고 말했다. 은밀한 위반의 쾌감이 예술적 집중력과 창조력의 일부라고도 했다. 정신분석 특유의 과도한 일반화라는 데 동의하지만, 예를 들어 사후에 개방된 프랜시스 베이컨의 엉망진창으로 어질러져 있는 데다가 벽에는 물감이 짓이겨져 있고 잡동사니가 똥무더기처럼 쌓여 있는 작업실을 보면, 이 말을 전적으로 부정하는 것도 어려워진다. 애당초 마구간(말들이 잠도 자고 똥도 싸는 곳!)이었던 작업실을 베이컨은 아주 소수의 친밀한 사람들에게만 개방했을 뿐 아니라, 작업 중에는 절대 아무도 들어오지 못하게 했다. 우리가 똥 쌀 때 화장실에 혼자 있어야 하듯이.

라캉은 우리가 언어를 마음속에 들이면서 '인간'이 되었기에, 언어라는 무의식의 왜곡을 통하지 않고서는 절대로 있는 그대로 만날 수 없는 있는 그대로의 세상을 독일어로 사물을 뜻하는 '다스 딩(das ding)'이라는 단어로 표현했다. 라캉 개념 속에서 '다스 딩'은 결국 문명이 억압하는 근원적인 금지의 대상, 다가갈 수 없는 타자이다. '다스 딩.' 라캉 공부를 할 때는 이 '다스 딩'을 이해하기 위해 '똥'을 생각하면 쉬웠다. 희한하게 발음도 비슷하다. 결성석으로 슬겁게 자신의 똥을 주물럭거리는 갓난아기들이나 맛나게 냠냠 제가 싼 똥을 먹는 '똥개'들과는 달리 소위 '사람'이 된 우리들은 이제 절대로 똥을 있는 그대로의 사물로 볼 수 없는 것이다.

똥, 두 번째

재미있게도 프로이트는 똥이 돈의 강력한 상징 중 하나라고 말했다. 우리 모두가 좋아하지만 겉으로는 좋아하지 않는다고 말하는 그것. 내 밖으로 아무 때나 흘러나가지 않게 죽을 때까지 항상 관리해야 하는데, 사실 맘대로 사방에 뿌리고 다니고 싶은 그것.

우리는 화장실에서 똥을 싸고 화장지를 끊어 똥을 닦고 그걸 들여다보지만, 그에 대해서 말하는 건 예의가 아니다. 사람들 앞에서는 돈을 한 장 한 장 세지 않는 것처럼. 우리는 똥 싸러 간다고 말하지 않고, '잠시 실례할게요'라고 수줍게 표현한다. 직접 돈을 쥐어주는 건 예의가 아니라서 하얀 봉투에 담아 건네듯.

신발

이른 아침에 큰아들과 뒷산에 산책을 간 적이 있다. 사람들이 잘 다니지 않는 길이라 풀들이 웃자라 종아리에 간질간질 스쳤다. 이슬이 묻어 어느새 바지가 촉촉하게 젖었다. 묘지와 군대 유격장이 있는 곳을 벗어나자 길이 좁아졌다. 이런저런 이야기를 나누며 천천히 산을 올랐다.

문득 길섶에 운동화 하나가 놓여 있는 것이 보였다. 깨끗한 남색 운동화 한 짝이 길과 수풀의 경계에 옆으로 넘어져 있었다. 걸음을 멈추고 주변을 두리번거렸다. 다른 한 짝은 어디 갔는지 보이지 않았다. 나도 모르게 몸을 움츠렸다. 어느새 불안해하고 있었다. 이상한 상상을 하며 냄새도 맡아보았다. 아무도 없었고 싱그러운 아침 숲의 향기만 흘렀다.

앞서가는 아들이 재촉하기에 다시 걸음을 옮기기 시작했다. 문득 내가 왜 놀랐지? 싶었다.

신발은 우리가 지니거나 걸치고 다니는 어떤 사물보다 고유하다. 장갑이나 모자는 빌려 쓸 수 있다. 어울리는 옷은 형제자매들끼리 함께 입기도 한다. 하지만 신발은 그럴 수 없다. 발 크기는 사람마다 다르고, 설사 같다고 하더라도 그 사람만의 형태와 무게에 길든 신발을 타인이 신는다는 것은 불편할 뿐 아니라 불쾌한 일이다 (무좀이 옮으면 어떻게 하느냔 말이다).

게다가 밖에서 신발이 벗겨진다(그리고 수습되지 않았다)는 것은 뭔가 예기치 못한 치명적인 사태가 그 주인에게 일어났다는 뜻일 수밖에 없다(새 신발을 들고 와서 갈아 신고, 헌 신발을 버리고 간 게 아니라면. 그런데 그럴 리 없지 않은가). 불안은 이러한 무의식적인 생각에서 올라왔을 터이다.

신발 한 짝이 있어 왕자는 신데렐라를 찾았다. 콩쥐 역시 신발을 놓고 온 덕에 공주가 될 수 있었다. 그게 장갑이나 모자였다면 절대로 주인을 찾을 수 없었을 것이다. 달마는 혜가에게 법을 전하고 세상을 떠난 지 3년 후, 지팡이에 신발 하나를 매달고 산을 걸어 내려왔다. 놀란 사람들에게 자신의 무덤을 파면 신발이 하나 남아 있을 거라고 말했다. 자살을 하는 사람들은 꼭 그럴 필요가 없을 텐데도 신발을 벗어 가지런히 모아놓는다.

이렇게 신발은 고유한 자아의 상징이자, 삶과 죽음이 나뉘는 지점을 가리키는 상징이 된다. 그래서 신발을 잃어버리는 일은 인생이 걸려 있는 사태이다.

책방

완치가 잘 되지 않는 책중독을 오래 앓으면서 막연하게 작은 동네 책방을 차리는 일에 대해서 생각해왔다. 스무 살 때부터 책을 좀 과하게 읽었다. 학교 도서관에서 매일 한두 권씩 빌려 읽고, 저녁이면 이천오백 원 주고 라면 사먹을 돈을 아껴서, 동네 앞에서 천 원짜리 튀김을 사먹고, 아저씨에게 떡볶이 국물 부어달라고 해서(그럼 떡볶이가 덤으로 두세 개 들어온다) 먹고, 그 돈으로 책을 샀다. 책을 마음껏 살 수 있으면 인생에 더 바랄 게 없을 것 같다고 매일 생각했던 적이 있다.

　로건 스미스의 말 "사람들은 인생이 중요하다고 말하지만 나는 책이 더 좋다"에 나도 모르게 고개가 끄덕여지고, "내 쉴 곳을 찾아 세상도처를 헤매었으나 책이 있는 다락방만큼 좋은 곳을 알지 못하였노라"는 옛 라틴 격언에 끄덕끄덕한다.

그래서 책방을 오래전부터 차리고 싶었다. 의대를 그만둘 생각을 할 때는 나름 진지했지만, 우여곡절 끝에 할 일과 갈 길이 정해지고 나니 꿈을 내려놓을 수밖에 없었다. 하지만 작은 소도시에 내려와 조그마한 의원을 열면서부터 다시 욕심이 새록새록 자란다.

작은 공간에서 마음에 대한 좋은 책들을 골라서 팔고, 거기서 책 읽고 음악을 듣는 꿈. 가끔씩은 사람들과 함께 책에 대해서 이야기도 나누지만, 주로는 구석에 박혀 있는 꿈(그래서 내 중독을 문화 사업이자 직업으로 예쁘게 채색하는 꿈). 이렇게 책이 일이 되면 줄리언 반스의 찬물 한 바가지 끼얹은 듯 정신이 번쩍 들게 하는 문장에 반박할 수 있을지도 모른다. "책은 일어난 일을 설명해주는 곳이고, 삶은 설명이 없는 곳이다. 삶보다 책을 더 좋아하는 사람이 있는 것에 대해 나는 놀라지 않는다. 책은 삶을 의미 있게 한다. 유일한 문제는 책이 의미를 부여하는 삶은 당신 자신의 삶이 아니라 다른 사람들의 삶이라는 점이다."[21]

골방

의원 공간 맨 구석에 작은 방이 있다. 처음 설계할 때부터 내 방으로 쓰기로 마음먹고 도면에 선을 그려넣었던 방이다. 욕심내어 크게 그렸다가 정신 차리고 작게 그렸다가, 다시 조금만 욕심내어 삼십 센티미터 더 길게 만들었다.

점심 먹고 동네 한 바퀴 산책하고 돌아오면, 그 방에 들어가 문을 잠근다. 지난 오 년 동안 한 번도 직장 사람을 이 방에 들인 적이 없다. '외부인 절대 출입금지' 원칙은 깨진 적이 없어서, 심지어 점검 나온 소방관 아저씨도 문을 열지 못해 돌아간 일이 있다(물론 바로 다시 열어드렸다). 방을 여닫을 때 혹시 안을 늘여다볼까 봐 마트에서 천을 떼어 와 달아놓기까지 했다.

무슨 귀중한 것이 있어서 방을 이렇게 지키는 것은 물론 아니다. 방에는 소파 하나와 발을 올려놓기 위한 앙상한 철제 스툴 외에는 아무것도 없다. 아, 온라인 서점에서 사은품으로 받은 모비딕 그림이 있는 검은색 티셔츠가 압정으로 벽에 걸려 있다.

방은 엉망이다. 솔직히 말하면, 엉망 수준이 아니라 아주 난리도 아니다. 바닥은 쓸지 않은 지 몇 년이 넘었고, 거기에 시디, 책, 사놓고 한 번 납을 녹이려다가 실패한 후 방치된 납땜기, 저렴하게 엘피를 들어볼까 해서 구입했다가 너무도 형편없는 음질에 하루 만에 내쳐버린 일체형 턴테이블, 멀티탭, 한쪽 소리가 안 나는 이어폰, 택배 박스들, 뽁뽁이 뭉치들, 언제 무엇을 닦았는지 알 수 없는 휴지 조각들, 음료수 병, 아이스크림 껍질들이 굴러다닌다. 손으로 쓸어보면 먼지들이 뭉쳐날 것 같지만, 바로 그 일이 일어날까 봐 한 번도 실제로 해본 적은 없다. 그리고 그 가운데 이 방을 만들 때 산 푹신한 푸른색 소파가 자리잡고 있다.

방에 들어가면 소파에 널브러져 멍하게 앉아 있다가, 이십 분에서 삼십 분 정도 낮잠을 잔다. 그리고 오후 일 시작 오 분 전에 맞춰놓은 알람 소리에 깨어나, 다시 내 일터 자리로 돌아간다.

게을러서 치우지 않은 것은 맞는데, 일부러 그렇게 두는 것도 사실이다. 사람들과 마주 앉아 하루 종일 이야기를 나누는 직업을 가지게 되면서, 매일 아침 머리를 감고, 면도를 하고, 깨끗한 속옷을 갈아입고, 새 와이셔츠를 입는 것이 당연한 일상을 산다. 옷에 뭐가 묻지 않은지 살피고, 상의를 바지 속에 잘 여미어 넣은 후 거울을 한 번 보고 진료실 내 의자에 앉는다. 그렇게 추스르고 가다듬고 관리하는 일은 그리 어려운 일은 아니지만, 또 그렇게 달갑고 쉬운 일도 못 된다.

그래서 뭔가 나사를 풀고 스프링의 압력을 낮추고 곧추선 허리를 쉬게 하는 순간이 꼭 필요하다. 쉬는 날에는 면도를 하지 않는 것을 원칙으로 한다. 주말에는 머리도 감지 않는다. 그리고 엉망으로 흐트러진 골방에서 엉망으로 흐트러진 정신으로 한 번 깜빡 의식의 끈을 놓아주는 일은 가장 깊은 휴식을 준다.

차

원자폭탄과 함께 이십 세기 최악의 발명품이라는 차(車)는 어떻게 지구를 뒤덮게 되었을까? 외계인이 지구에 처음 도착하여 대륙을 내려다본다면, 차라는 종족이 번성하는 와중에 인류라는 기생충이 거기 얹혀살고 있는 것처럼 보일 것이다.

차에 대한 매혹은 신비할 정도다. 아이들은 갓난아기 때부터 차 타는 것을 굉장히 좋아한다. 울던 애도 차만 타면 울음을 그치고, 밤새 부모를 괴롭히며 품을 떠나지 않던 애들도 차에 앉히면 쉽게 잠이 든다. 조금 더 크면 특히 남자아이들은 차에 몰두하고 집착하기 시작한다. 아침에 일어나 잠들 때까지 차가 지나가는 것을 바라보고 장난감 차를 움직여본다(몇 년 지나야 '공룡기'가 온다).

어른이 되어도 마찬가지다. 대부분의 사람들에게 가장 크고 비싼 소유물인 차에 우리는 단순한 운송 수단 이상의 가치를 부여한다. 차는 내 지위와 능력의 상징이고, 내가 세상을 대하는 방식(안전인지 실용인지, 효율인지 속도인지 등등)을 상당 부분 보여주기도 한다. 심지어 어떤 사람들은 소중한 주말 쉬는 시간에 몇 시간씩 차를 치우고 닦고 광내는 것을 좋아한다(그에게 집도 그렇게 열심히 청소하느냐고 물어보자).

세상에 나타난 지 백 년이 겨우 넘은 이 사물이 왜 우리를 이토록 사로잡는 것일까?

차가 달리기 시작하면 마치 물에 잠긴 듯 출렁이는 느낌이 미묘하게 온몸을 감싼다. 양수 속에 떠 있던 시절, 기억해낼 수는 없지만 이미 알고 있는 그 느낌이 회귀하는 것처럼 느껴지는 것인지도 모른다. 그리고 마치 자궁처럼 단단하고 튼튼한 껍질에 둘러싸여 있다는 안도감. 문을 모두 닫고 공기 한 점 움직이지 않는 정적 속에서, 나를 감싼 껍질에 출렁이는 몸을 맡길 때 느끼는 그 깊은 아늑함.

그러면서 우리는 천천히 차와 동일시하면서 자아가 확장되고 강력해지는 환상에 빠져든다. 마치 태권브이 속에 들어가 싱크로되는 것처럼, 스스로가 특수합금의 뼈대와 강철 장갑과 시속 이백 킬로미터로 달릴 수 있는 엔진을 갖춘 양, 튼튼하고 빠르고 강하다는 느낌(물론 이는 착각만은 아니다. 뇌에는 우리가 사용하는 도구를 우리 몸의 일부로 지각적으로 재구성하는 본능이 있다)을 경험하는 셈이나.

거기에 속도감이 불러일으키는 리비도와 타나토스가 미묘하게 뒤얽힌 쾌감. 죽을 것 같아서 더 살아있는 것 같은 생생하고 강렬한 느낌까지.

그러니, 결국 차는 화려하고 완벽한 퇴행의 종합선물세트인 듯 보인다. 인간 발달 초기 환상의 큰 두 축—엄마의 자궁으로 돌아가고 싶다는 환상, 전능하고 강력하고 위대하다는 환상—을 이토록 쉽게 충족시켜주는 사물이 세상에 어디 있으랴. 차에 앉아 시동만 걸면 된다!

의자

의자에 관심이 있다는 것을 알게 된 것은 사진기를 들고 다니면서부터다. 이상하게 길에 버려진 의자를 오래 바라보게 되고 어떻게든 사진에 담아보려 한다는 것을 어느 날 깨닫고 그 이유를 생각하기 시작했다(좋아한다는 것은 그런 것이다. 먼저 좋아하게 되고, 이유를 생각하는 것은 그 다음이다. 그래서 당연하게도 생각해낸 이유는 좋아하게 된 진짜 이유에 정확하게 닿지 못한다. 사랑이 항상 그렇듯).

의자는 흔적이다. 깨어 있는 사람의 흔적. 한 사람이 오래 한 장소에서 생활할 때 의자는 그 사람의 몸에 가장 가까이 오래 닿는 사물이 된다. 게다가 한 사람의 온전한 무게를 오롯이 감당하는 일이라니. 냄새나는 무거운 엉덩이에 깔린 채 하염없이 버티는 일이라니. 그래서 의자는 다른 어떤 가구보다 특별하다. 우리가 잠드는 침대보다 깨어 있을 때 앉는 의자가 더 우리의 자아를 잘 흡수하고 표현하고 있을 것 같다. 그리하여 의자를 보면 거기 앉았을 사람에 대해 생각하게 된다. 쿠션이 눌린 흔적. 나무가 닳은 흔적에서 묻어나는 고유한 삶.

의자는 머물러 있다. 의자가 있고, 거기에 사람이 앉았다 간다. 의자는 남는다. 마치 새가 떠난 나무처럼.

반 고흐는 1888년 고갱과 함께 살면서 연달아 두 개의 의자를 그렸다. 먼저 〈고갱의 의자〉를 그린 후 〈파이프가 있는 빈센트의 의자〉를 그렸다(고갱과 헤어지고 귀를 자르기 한 달 전이라고 한다). 그림을 보면 고흐 자신의 의자는 단단하고 안정적이며 바닥에 발 디디고 잘 서 있는 느낌인데, 고갱의 의자는 화려하지만 휘청이며 금방이라도 주저앉아버릴 듯 보인다(게다가 좌석 위에 위태롭게 서 있는 촛불이 넘어진다면 의자가 불타버릴지도 모른다). 의자는 여기에서 고갱과 고흐의 조화할 수 없는 차이를 생생하게 드러내고 있다. 마치 두 사람의 인격을 흡수하여 천천히 변형된 것처럼.

의자, 두 번째

의자의 구조적 핵심은 중력에 대한 안정성이다. 사람의 무게를 안정적으로 지탱해야 한다는 목표를 가지지 않은 의자는 없다. 많은 멋진 의자들이 그 방법에 대한 상상력 가득한 아이디어로 만들어진다. 그래서 구조적 우아함과 참신함의 조화를 보는 것이 큰 기쁨이 된다. 매우 단순하고 명쾌한 목표에 도달하기 위해 인간의 창조성이 얼마나 기민하게 발휘될 수 있는지를 미술관 하얀 벽이 아니라 삶의 자리 속에서 볼 수 있는 멋진 기회.

멋진 의자를 컬렉션하면 좋겠으나 이번 생에는 불가능할 것 같으니, 대신 의자에 대한 책을 모으다. 타셴(Taschen)에서 나온 『1000 chairs』는 풍성한 보물창고이고, 『세상을 바꾼 50가지 의자』와 『명작의자 유래사전』이란 책도 재미있다. 시 중에는 이정록 시인의 시가 항상 '의자' 하면 떠오른다.

의자

병원에 갈 채비를 하며
어머니께서
한 소식 던지신다

허리가 아프니까
세상이 다 의자로 보여야
꽃도 열매도, 그게 다
의자에 앉아 있는 것이여
주말엔
아버지 산소 좀 다녀와라
그래도 큰애 네가
아버지한테는 좋은 의자 아녔냐

이따가 침 맞고 와서는
참외밭에 지푸라기도 깔고
호박에 똬리도 받쳐야겠다
그것들도 식군데 의자를 내줘야지

싸우지 말고 살아라
결혼하고 애 낳고 사는 게 별거냐

그늘 좋고 풍경 좋은 데다가

의자 몇 개 내놓는 거여

삶이란 누군가에게 의자를 내어주는 일, 혹은 의자가 되어주는 일이라는 것. 편안한 그만큼 의식되지 못하고 잊히기 마련이지만, 그렇게 배경에서 누군가를 지탱하는 것이 삶이라는 것을 시인은 어머니(어머니가 바로 그런 존재 아닌가!)의 목소리로 잔잔하게 이야기한다.

선글라스

막 전문의가 되고 나서 강원도 원주에 이 년 정도 살았다. 서울에 반드시 살아야 하는 이유가 사라지자마자 무조건 서울은 떠나고 싶었고, 자연스레 마음에 떠오른 곳이 원주였다. 가본 적 없고, 가족도 없고, 아는 사람도 없는데 그냥 한번 살고 싶었다. 삐딱한 성격 때문에 별로 존경하는 사람이 없는데(아버지가 일찍 돌아가신 탓에 오이디푸스 문제가 잘 해결되지 못해서라고 누구는 말했다. 반박하지 못했다), 그럼에도 마음 깊이 스승이라 여기는 박경리 선생과 장일순 선생이 사셨던 곳이라서 그랬을까. 아니면 원주(근원의 땅)라는 이름이 끌렸던 것일까. 어쨌든 전공의 과정이 끝나자마자 무조건 서울에서 방을 빼 원주로 옮겼고 왕복 백오십 킬로미터를 매일 운전해서 출퇴근했다.

그러던 중 하루는 고향집에 급하게 다녀올 일이 생겨서, 지금 살고 있는 여수까지 왕복 팔백 킬로미터를 이틀 동안 운전한 적이 있었다. 단풍으로 화려했던 산이 천천히 무채색으로 변해가는 늦가을이었다. 기온은 낮았지만 공기는 맑았다. 점심 즈음에 출발해서 해질녘에 도착했는데, 처음으로 선글라스를 쓰고 운전했다. 하도 운전을 많이 하고 다니다 보니(그때는 일 년에 육만 킬로미터 정도를 주행했다) 자꾸 햇볕을 쳐다봐서 미간 사이에 주름이 깊어지는 거 같아—물론 병원에서 하루 종일 인상 써서 그런 건 아닐까 생각이 들기도 했지만—처음으로 하나 맞춘 거였다.

아내와 아이는 잠이 들고 해가 조금씩 낮아지는 저녁답에 멍하게 전방을 주시하며 음악을 들으며 차를 모는데, 뭔가 한 번도 경험하지 못한 기분 속에 내가 들어와 있다는 것을 깨달았다. 맑은 날저녁, 해가 질 때 느껴왔던 익숙한 기분보다 조금 더 어둡고, 이상하게 서늘하고, 불투명하고, 낮고, 고요했다. 나도 모르게 그 기분 안에 들어가 막연하게 즐기다가 문득, 이 평생 처음 느껴보는 낯설지만 신선한 기분이 선글라스 때문일지도 모른다는 생각에 닿았다.

선글라스가 바꾼 빛의 파장이 말 그대로 존재의 파장을 바꾼 것이냐. 그렇다면 어디까지가 감각이고 어디까지가 기분인가. 어디까지가 밖이고 어디까지가 안일까.

돌멩이

강원도 원주 살 때에는 가끔 시간 나면 집으로 가는 길에 고속도로에서 빠져나와 국도를 타고 남한강변에 돌을 주우러 가곤 했다. 어슬렁어슬렁 걸으며 고개를 숙이고 돌 하나하나를 멍하니 들여다보고 있으면, 끊임없이 흐르는 물소리와 흔들리는 수천의 나뭇잎들과 넓은 공간을 휘몰아 흘러가는 바람이 마음의 먼 배경을 이루었다.

돌은 크기도 하고 작기도 하고 까맣기도 하고 희뿌옇기도 하고 알록달록하기도 하다. 맨질맨질한 것도 있고 어떤 건 까칠까칠하다. 더운 여름엔 땡볕 밑에서 손대기 힘들 정도로 뜨거워지고, 한겨울엔 손이 얼어 달라붙을 정도로 차갑다. 큰 건 묵직하니 좋은데 작은 것도 가까이 들여다보면 앞 산과 저 강물만큼이나 커다랗게 보인다. 지구라는 돌덩이 위에 사는데 돌이 커봤자 얼마나 크고 작아봤자 얼마나 작겠나. 수학자들은 이게 바로 프랙털이라고 이야기할지도 모르겠다.

모든 질료엔 고유한 침묵이 있다. 물의 침묵, 돌의 침묵, 바람의 침묵, 또 나무의 침묵과 불의 침묵. 구성 성분으로 미루어보면 우리 인간에게는 물의 침묵이 가장 아늑하거나 익숙할 거 같다. 며칠 전 햇볕 드는 목욕탕에서 나도 모르게 멈추어서 바라본 냉탕의 사각형 물을 떠올린다. 물의 표면은 깊이 잠든 사람의 등처럼 고요했다. 그러나 돌들의 숨 막히게 응축된, 도저히 상상할 수 없을 정도로 치밀한 침묵이란! 이성복 시인은 〈남해금산〉에서 이 막막함을 사랑에 빗대어 노래했다.

한 여자가 돌 속에 묻혀 있었네
그 여자 사랑에 나도 돌 속에 들어갔네
어느 여름 비 많이 오고
그 여자 울면서 돌 속에서 떠나갔네
떠나가는 그 여자 해와 달이 끌어주었네
남해 금산 푸른 하늘가에 나 혼자 있네
남해 금산 푸른 바닷물 속에 나 혼자 잠기네

하지만 돌은 사람보다 사랑보다 훨씬 늙었나. 새까만 조약돌을 손에 쥐고 차갑고 단단한 감각을 느낀다. 한참을 들여다본다. 만났다고 할 수 있을까. 나보다 오래 존재해왔고 나보다 오래 존재할 이 것, 수억 년 시간 속을 흘러오다 여기 이렇게 나의 손에 쥐어진 이

물체, 이 사물, 이 존재를 어떻게 대해야 할까. 주웠다고 해도 될까. 내가 가지고 있다고 말할 수 있을까. 나와 같이 있다고 해야 할까. 썩어 흩어질 내가 잠시 마음 기대고 있다고 해야 할까. 나와 비슷한 마음이었던 것 같은 폴란드 시인 쉼보르스카는 〈돌과의 대화〉라는 시에서 이렇게 쓴다.

나는 돌의 문을 두드린다.
—나야 들여보내 줘.
네 속으로 들어가서
빙 둘러보고
숨처럼 너를 들이쉬고 싶어.

돌은 시의 마지막에 이렇게 대답한다.

내겐 문이 없어

돌멩이, 두 번째

돌을 보러 다니면서 돌의 세계가 궁금하여 검색을 이리저리 해보았지만, 돌에 대한 책은 거의 없었다. 유일하게 실용서적 코너에서 『수석』이라는 오래전 출판된 작고 얇은 문고본을 찾았다. 터무니없는 가치판단에 대한 이야기들—어떤 모양이 되어야 예쁘다느니, 표면의 질감은 어떤 게 더 좋다느니, 어떤 수석이 더 비싸다느니—속에서 이상하게 마음에 와 닿는 문장을 만났다.

"수석이 내게 말을 걸어올 때, 이 언어의 내용은 무엇일까? 돌의 목소리는 전혀 들려오지 않는데 형용하기 어려운 생명감이 가슴에와 닿는다."[22]

남도 바닷가에 살면서부터는 이제 바닷가에서 돌을 본다. 아니면 시간을 내서 섬진강에 가기도 한다. 섬진강 평사리 강변을 거닐면 한 번씩 범람하는 물 때문인지 드넓은 모래사장 한쪽에 돌들이

옹기종기 모여 있다. 어슬렁어슬렁 뒷짐을 지고 돌을 본다.

돌을 보는 행위는 고유하다. 돌을 볼 때는 목표가 없다. 나는 주의를 기울여 돌 하나하나를 살피지만, 특정한 색깔, 어떤 모양이나 크기, 무늬를 찾는 것이 아니다. 미리 정해놓은 기준 따위는 없다. 마음을 열어놓고, 그냥 어떤 풍경(돌 하나하나가 시야를 채우기에 풍경이라 불러도 되리라) 하나가 나를 놀라게 하기를 기다린다. 놀란 다음에야, 돌을 주워 이리저리 살피면서 그 이유를 찾는다. 어떤 때는 그것이 돌의 모양일 때도 있고, 매끈한 표면을 깨뜨리는 흠집일 때도 있고, 질감과 무늬가 떠올리게 만드는 세상 사물일 때도 있지만, 그게 무엇일지, 무엇이 마음에 훅 들어올지는 나도 모른다. 그 모르겠는 긴장이 재밌고, 설렌다. 그래서 시간 가는 줄 모르고 어슬렁거린다.

돌을 보기 위해서는 특유한 집중이 필요하다. 모래사장에서 잃어버린 바늘을 찾는다고 치면, 우리는 극도로 집중해야 하지만 한편으로는 그리 집중할 필요가 없다. 눈으로 꼼꼼히 바늘의 형상을 찾는 데 집중해야 하지만, 시각적 주의의 한 측면만 활동시켜 놓으면, 마음으로는 무슨 생각을 해도 상관없다. 점심에 뭐 먹을지, 어제 그 사람은 내게 왜 그런 말을 했는지, 당장 내일 하루는 어떻게 버틸 건지 생각하고 상상하더라도 바늘 찾는 일은 조금도 방해받지 않는다.

하지만 돌을 보는 일은 다르다. 내가 찾는 것이 무엇인지 나는 모른다. 내가 기다리는 것은 어떤 돌 하나가 아니라 그 돌의 풍경이 내 마음에서 일으키는 파장이다. 예측할 수도 없고 기대할 수도 없어 알 수도 없는 파장. 그 파장을 감지하기 위해서는 돌 하나하나에 온 주의를 기울여야 한다. 다른 생각을 하다 보면 돌은 마음 밖으로 미끄러져 나가버린다. 그래서 아무것도 찾고 있지 않지만, 내 존재 전체를 돌에게 열고 극도로 주의를 기울여야 한다(신기하게도 이는 진료실에서 환자의 말을 듣는 치료자의 태도와 닮았다). 버트런드 러셀은 이렇게 말했다고 한다. "관찰자는 자신이 조약돌을 관찰하고 있다고 믿지만, 사실은 조약돌이 자신에게 미치는 영향력을 관찰하는 셈이다."[23]

그렇게 한 번 산책 나갈 때 딱 하나씩, 돌을 주워 책상 위에 두고, 책꽂이에 올려놓고, 마당 텃밭의 경계에 두고, 주차장 창턱에 두고, 큰 돌은 엉덩이 대고 앉을 만한 자리에 두었다. 돌을 거기 두면 돌은 늘 그 자리에 있다.

구름

구름은 모였다가 흩어지고, 태어났다가 죽고, 움직이고 흐른다. 어둡다가 환해지고 높이 치솟아 오르다가 넓게 퍼지고, 첩첩이 쌓여 울울거린다. 쳐다보고 있으면, 쉬워 술술 읽히는데 너무 두꺼워 평생 읽어도 다 못 읽을 책 같다. 혹은 이미지와 음운이 아름다워 자꾸자꾸 읽는데, 어째 무슨 뜻인지는 잘 모르겠는 시(詩) 같다. 고등학교 때 점심시간이면 밥은 일찌감치 쉬는 시간에 먹어치우고 매점에서 커피 한 잔 타서 스탠드에 앉아 구름을 쳐다보았다. 그럴 땐 가심이 먹먹해지고 숙제와 구타와 졸림이 너무도 가벼웠다(다른 친구들보다는 많이 맞지는 않았다. 짝은 내가 담임선생님께 불려 갔다가 돌아왔을 때마다 당연히 맞고 왔을 거라 생각했다고 나중에 배신감에 떨면서 말했다. 난 사실 초코파이 얻어먹고 온 날이 더 많았다는 것을 고백한다).

구름이 걷히면 파란 하늘이 보이는데, 하늘과 구름이 하나인지,

아님 전혀 다른 남남인지 아무리 쳐다봐도 알 수 없다. 산골짜기에서 피어올라 천천히 천천히 흩어지는 이내를 보면 심지어 땅과 구름이 하나인지, 아님 전혀 다른 남남인지 헷갈린다. 구름이 흙 속에서 태어나는 것 같다. 아니면 나무 속에서 흘러나오는지도. 텅 빈 하늘 한쪽에 한 점 남아 흩어지기 직전의 매지구름은, 우리네 짧은 삶 같아 오래 바라보게 된다. 구름이 사라진 후에도 아무 일 없다는 듯 미동 없는 하늘을 보면 내가 위로를 받는 건지 무서워지는 건지 모르겠다.

옛사람들은 남녀 간의 은밀한 일을 운우지정(雲雨之情)이라고 했다. 상상해보라, 구름이 비가 되는 일이라니. 이보다 완벽하고, 아름다운 비유를 다시 찾을 수 있을까. 그리스 신화에서도 제우스와 헤라가 이데 섬에서 몸을 섞을 때, "황금 구름이 그들을 감쌌고 그 구름에서 반짝이는 물방울들이 땅 위로 떨어졌다고 한다."[24]

총

서른이 넘어 한 달 훈련소에 입소했다. 삼 주째가 되면서 사격 훈련을 시작했고, M16을 한 정씩 지급받았다. 총의 구조를 배우고 혼자 분해해서 닦고 다시 조립할 수 있게 되는 데 두 시간쯤 걸렸다. 영점 조절을 하는 데 한 시간 정도가 걸렸고, 그 사이 이론 수업을 몇 시간 들은 뒤 사격장에서 총을 쏘았다. 이백오십 미터 앞에 있는 사람 몸통 크기의 표적은 사격대에 엎드려쏴 자세로 누워 쳐다보면 삼 밀리 정도 되는 가늠쇠보다 더 작게 보였는데, 희한하게도 거기 맞춰놓고 방아쇠를 잡아당기면 총알이 그 먼 거리를 바람과 중력과 내 손의 떨림을 극복하고 날아가 척척 맞았다. 나는 열 시간 만에 총으로 이백 미터 앞에 있는 사람을 손가락 하나로 죽일 수 있게 되었다. 가볍고, 분해 조립이 쉽고, 고장 나지 않고, 직관적이고, 내구력 좋고, 엄청난 효과를 지닌 놀라운 물건. 사물의 구조와 외양과 재질과 무게가 그 사용 목적에 완벽하게 부합하는, 과잉도 결핍도 없는 완벽한(그만큼 섬뜩한) 사물로서의 M16.

총의 문제는 지나치게, 비현실적으로, 마술적으로 강력하다는 것이다. 그리고 이는 현대 무기의 문제들과 연결된다. 강력할 뿐 아니라 더 중요하게는 내 손에 피를 묻히지 않는다는 것. 총은 폭력에 처음으로 물리적 간격을 도입했지만, 현대 군인들은 방아쇠를 당길 필요도 없이 이제 컴퓨터 화면에서 스위치를 눌러 인명을 살상한다. 상대가 죽는 것을 볼 필요조차 없는 것이다. 신화학자 로베르토 칼라소는 그리스 신화에 대한 책『카드모스와 하르모니아의 결혼』에서 오이디푸스가 헤라클레스나 테세우스처럼 힘과 칼과 주먹이 아니라 질문으로, '말'로 괴물 스핑크스를 격퇴한 사건을 중요하게 다룬다. 그리고 이렇게 말한다. "그의 수많은 죄들 가운데 가장 무거운 죄는 그가 괴물을 만지지 않았기 때문에 아무도 그를 비난하는 사람이 없었다는 점이다." 그리고 의미심장하게, 또 불길하게 이렇게 덧붙인다. "괴물은 자신을 살해한 사람을 용서할 수 있다. 하지만 자신을 만지고 싶어 하지 않았던 사람은 절대 용서하지 않을 것이다." 과연 점점 위생적으로 살아가는 우리는 타인과 자연에 점점 더 폭력적이 되어가고 있다. 우리는 우리를 용서할 수 있을까?

이빨

일이 있어 서울 가는 버스를 탔다. 터미널 도넛 집에서 머핀과 커피를 샀다. 버스가 출발하자마자 빵을 꺼내어 한 입 베어 무는데, 왜 그랬는지 깨무는 힘을 잘 조절하지 못해서 앞니끼리 부딪히면서 '끼리릭' 갈리는 소리가 났다. 순간 멍해졌다가, 정신 차리고 다시 빵을 먹으면서도 이빨(이 순간엔 치아보다는 이빨이라는 단어가 더 적절하게 느껴진다)끼리 서로 갈리는 소리와 두개골 전체로 전해지던 찝찝한 진동의 느낌이 강렬하고 날카롭게 남아서 계속 신경이 쓰였다. 빵을 다 먹고 한참 지나도, 그 느낌은 확성기로 증폭하여 반복하는 것처럼 계속 내 감각과 정신 전체를 휘저어놓으며 불쾌감을 일으켰다. 계통발생적 역사 속에서 내가 남의 살을 찢던 기억 때문일까, 남의 이빨이 내 몸속에 들어와 '끼리릭' 갈리던 기억 때문일까.

화날 때 어금니에, 턱에 힘이 들어가는 것을 누구든 느껴보았을 것이다. 손가락(남의 것이면 더 좋다)을 하나 지그시 어금니로 물어보라. 이가 한 겹 피부 밑 단단한 뼈에 닿을 때, 솟아오르는 미묘하지만 강력한 충동으로 턱 근육이 벌떡거리는 것을 느껴보라. 우리 안의 짐승은 너무도 쉽게 깨어난다. 오래된, 아주 깊숙한 공포를, 그만큼의 충동을 일별하였다.

스피커

오디오를 좋아하는 일과 음악을 좋아하는 일은 서로 다르면서도 그리 다르지 않아 쉽게 갈라낼 수 없다. 피아니스트 글렌 굴드는 라이브 공연을 그만두고 스튜디오 녹음에 전념할 때도 어릴 적 쳤던 치커링의 소리를 내주는 피아노를 찾아 수 년을 전전했다. 그러다 토론토의 작은 강당에서 스타인웨이 CD318을 발견했고, 운반자의 실수로 회복할 수 없는 손상을 입을 때까지 많은 녹음을 함께 했다. 굴드는 그럼에도 자신이 원하는 미묘한 울림이 부족한 것 같으면 디지털 작업을 통해 음색까지 조정했다. 다른 사람에게는 별로 중요하지 않을 수도 있는(예를 들어 스비아토슬라브 리히터는 신경 쓰기 시작하면 끝도 없다며 연주장에 있는 피아노의 조율 상태를 미리 점검 한 번 하지 않고 바로 연주에 들어갔다고 한다) 그 아주 미묘한 액션의 속도와 음색과 뉘앙스가 글렌 굴드에게는 음악의 본질을 구성하는 핵심적인 요소였다. 굴드의 바흐를 들으면 그의 강박에 가까운 고집을 이해할 수 있는데 음색뿐 아니라 음이 사라지는 속도까지도 그가 구축하는 세계의 골격을 이룬다는 것을 바로 느낄 수 있기 때문이다. 그렇다면 사소한 잔향과 건반 무게의 차이를 표현할 수 있는 해상력과 다이내믹을 갖춘 오디오를 통해 굴드의 음악을 재생하지 않고서는 굴드가 만들어낸 바로 '그 음악'을 듣고 있다고 말하는 것은 어려울 수도 있다.

게다가 악명 높은 굴드의 허밍을 듣기 위해서는 제법 해상도 좋은 시스템이 필요하다. 처음에 휴대용 시디플레이어에 이어폰으로 바흐의 골드베르크 변주곡을 들었을 때, 초반 몇 초만 허밍이 들린다고 생각했다. 하지만, 얼마 전 옛 동독 시절 에테르나 레이블에서 제작한 엘피 음반으로 골드베르크를 다시 듣다가, 첫 아리아 연주 처음부터 끝까지 단 한 번도 굴드의 허밍이 멈추지 않는다는 것을 처음 알게(듣게) 되었다. 그러자, 이 음악에 대한 내 느낌은 다시 변했다.

이런저런 핑계로 오디오로 내가 원하는 음을 만들어내는 일에 빠져든 지 벌써 이십 년이지만, 그중 유독 스피커에 대한 소유욕을 떨칠 수 없다. 시디플레이어나 턴테이블, 앰프 같은 오디오 기기들은 모두 전자제품에 속하지만, 스피커는 분명 악기에 속한다고 생각하기 때문일까? 말 그대로 질료의 떨림으로 소리를 만들어내는 사물. 음악이 그 캄캄한 내부에 담겨 있을 것만 같은, 왠지 소유하면 음악의 정수까지 내 것이 될 것 같은 마술적인 사물.

사진

의대를 졸업하고 공중보건의로 전북 부안에 살던 때 니콘 FM2에 50밀리 렌즈를 달고 컬러 필름을 넣어 주변을 돌아다녔다. 인턴이 되어 다시 서울로 돌아왔지만, 겨울에 제주대학교 병원으로 파견을 나가 제주에 석 달 사는 기회가 생겼다(결국 전공의 과정을 지원하지 않으면서 넉 달 살았다). 제주도에 와서 주변을 산책하다가 우연히 병원 근처에서 흑백 인화를 가르쳐주는 작업실을 발견했다. 그때부터 쉬는 날이면 흑백 필름을 넣고 여기저기를 걸어다니다가 병원으로 돌아오는 길에 작업실에 들러 현상을 하고 인화도 했다.

흑백 사진을 찍으면서 생겨난 변화는 그런데 예상치 못한 것이었다. 풍경을 파인더 들여다보듯 이차원으로 지각하는 습관은 컬러 필름 시절부터 생겨나 있었지만, 흑백 인화를 시작하자 사진의 구도만큼 계조에 마음이 쓰이기 시작했다. 하이라이트와 암부를 적절하게 처리하는 것이 사진이 주는 감동의 깊이에 얼마나 밀접하게 연관되어 있는지 이해하고부터, 흐린 날씨가 좋아졌다.

어릴 때부터 햇볕 쬐는 것을 유독 좋아해서, 항상 광합성 한다고 땡볕에 나앉아 있으면 어머니가 '언능 그늘로 좀 들어와라'고 하시던 기억들이 많다. 비 올 때 우산 쓰는 건 또 유독 싫어해서 구름 낀 날이면 시무룩하게 시큰둥하게 날이 개기만을 기다렸다. 그런데, 흑백 필름을 쓰면서부터, 맑은 날의 양광이 얼마나 그 뒤에 짙은 그늘을 드리우는지, 그렇게 생긴 빛과 그늘의 강렬한 대조가 그 중간의 은근하고 섬세한 회색의 음영을 얼마나 훼손하는지 이해하게 되었다. 이제 구름 낀 칙칙한 날 어슬렁어슬렁 걸으며, 사물에 배어 있는 그늘 속 미묘한 색을 머릿속에서 회색으로 변환하는 즐거움이 생겼다.

신기한 것은 사진기를 놓은 지 십 년이 지난 지금도 여전히 그늘의 계조를 즐기는 습관이 하나도 사라지지 않았다는 것이다. 그래서 이제는 맑으면 맑아서 좋고 흐리면 흐려서 좋다. 사진 덕에 마음의 시력이 높아지고, 그렇게 세상이 조금 더 넓어졌다.

사진, 두 번째

점심때 간만에 날이 개어 산책을 했다. 햇볕이 머리 꼭대기에 있어서 어느 방향으로 걸어도 얼굴이 따가웠다. 버려진 묵정밭엔 풀들이 넘어져 있었다. 그 방향과 흐름을 헤아려 보려 들여다보다가 금세 포기하고 사진을 찍었다. 노트와 펜을 들고 갔지만 선을 그을 엄두도 내지 못했다. 이럴 때 사진은 포기의 제스처이며, 기만적인 포획이다. 귀한 무늬의 나비 몇 마리를 잡아 핀으로 꽂아놓았다고 전문가가 되지 못하듯, 멋진 장정의 전집판들을 원목 책꽂이에 한 줄로 꽂아놓는다고 인문학자가 되지 못하듯, 제 아무리 사진 속 풍경이 멋져도 나는 그 대상을 이해한 것이 아니다.

사진은 드물지 않게 '나는 소유한다'와 '나는 이해한다, 혹은, 느낀다'를 헷갈리게 만드는 위험한 매체이다. 물론 그만큼 요즘 자주 일어나고 있는 사태는 '나는 경험한다'를 '나는 사진을 찍는다'로 대체하는 일이다. 수전 손택은 "사람들은 경험한다는 것을 바라본 다는 것으로 자꾸 축소하려고 한다"[25]라고 말했다.

이럴 때 사진은 거친 드로잉 한두 줄 만큼도 세상을 인식하고 경 험 하는 데 도움이 되지 못한다.

사진, 세 번째

언젠가부터 피사체를 대하는 방식에 따라 사진을 두 종류로 구분하게 되었다. 이때 사진은 찍은 사진과 담은 사진으로 나눌 수 있다. 찍는 행위―너를 찍다, 얼굴을 찍다, 나무를 찍다, 가슴을 찍다―는 대상을 대하는 태도에서 담는 행위―너를 담다, 순간을 담다, 얼굴을 담다, 웃음을 담다―와 구분된다. 수전 손택은 사진 '찍는' 일을 총을 겨누고 쏘는 일에 비유한 적이 있다. 그러면서 사진이라는 매체에 담긴 침입적이고 공격적인 특성에 대해서 깊이 성찰했다. 사냥꾼처럼 대상을 탈취하는 방식의 사진은 엄마처럼 대상을 조심히 품어 안는 방식의 사진과 다를 수밖에 없을 터이다.

존 버거는 얼굴 사진에 대해서 말하면서 비슷한 말을 한 적이 있다. "얼굴이 우리를 바라봐야 우리는 얼굴을 봅니다. (빈센트의 해바라기처럼) 윤곽은 결코 얼굴이 아닌데, 사진기는 웬일인지 대부분의 얼굴을 윤곽으로 변질시킵니다."[26]

존 버거와 함께 작업을 많이 했던 스위스 출신 사진가 장 모르는 존 버거가 얼굴을 담을 수 있는 사진가로 꼽는 몇 안 되는 사람 중 한 명이었다.

모르의 사진에서는 기발한 구도나 과격한 접근을 찾을 수 없다. 구도는 평범하지만 대상에 대한 깊은 존중과 연민이 배어나온다. 장 모르가 1976년에 촬영한 한 여인의 초상(〈Portrait of a Greek refugee in Larnaca〉)을 보면 그 얼굴에서 자연스레 배어나오는 차분하고 당당한 영혼의 힘을 느낄 수 있는데, 수녀님처럼 보이는 이 여인은 사실 그리스 피난민 중 한 명이었다. '우리를 보는' 영혼이 담긴 이 얼굴은 어떤 정치적인 주장보다 더 피난민의 인권에 대해서 생각해보게 한다.

대학교 졸업하던 해에 처음으로 디지털 카메라를 구입하고, 공중보건의 시절에는 니콘 FM2를 친구에게 물려받아서 사진을 찍었다. 처음부터 항상 마음속 목표는 인간의 얼굴을 담는 것이었다. 그런데 모르는 사람은 물론 친구나 가족들에게도 카메라를 들이대고 겨눈다는 것이 항상 어색하고 불편했다. 내가 카메라로 대상을 공격하는 느낌, 얼굴을 찍고 순간을 뺏는 느낌을 지울 수 없었다. 그래서 결국 사람은 뒤통수나 찍고 돌의 얼굴이나 가까이 다가가 촬영하곤 했다. 아직도 얼굴을 찍지 않고 담는 일은 쉽지 않아서, 아들 얼굴을 대할 때에나 겨우 성공하곤 한다.

마당

작은 주택에서 생활한 지 일 년이 좀 넘었다. 집 앞엔 작은 마당이 있다. 단풍나무와 배롱나무가 뿌리를 내리고 있고, 감나무는 첫해를 나지 못하고 말라버렸지만, 작은 동백과 매화나무도 심었다. 부엌 앞 한 평 정도 공간엔 잔디를 들어내고 상추와 토마토를 키운다. 야금야금 따먹다가 가을에 뽑아버리고 갓과 부추를 뿌렸는데 별 재미는 보지 못했다. 딸기 모종을 세 뿌리 사서 심었더니 빨갛게 열매가 네다섯 개 열려 아이 입에 쏙 넣어주는 기쁨도 누렸다.

예전 같으면 아침 일찍부터 어딜 놀러가나 궁리하거나, 마저 못 읽은 책을 두세 권 끼고 아들이 방해하지 않기만을 기도하거나, 아니면 골방에 틀어박혀 무슨 음악을 들을까 고민했을 일요일 아침엔 이젠 당연하다는 듯 슬리퍼 끌고 마당으로 나와 쓰레기를 줍고, 잔디 속 잡초를 손톱으로 쏙쏙 뽑고, 계절에 따라 나무에 꽃이 잎사귀가 어떻게 변하고 있는지 들여다본다. 잡초는 뽑아도 뽑아도 집요하게 자라나는데, 결국은 자신이—정성들여 관리하는 잔디나 화초가 아니라—이 구역의 주인이라는 듯 끝없이 모든 틈에서 솟아오른다.

커피를 한 잔 내려 홀짝홀짝 바람 쐬며 마신다. 구석 돌절구에서 사는 작은 금붕어에게 밥을 주고, 대나무 뿌리가 너무 번지고 있는 건 아닌지 훑어본다. 그렇게 어슬렁거리는 게 나쁘지 않다. 쉬는 날엔 풍경 좋고 공기 좋은 곳에 기어코 가봐야 한다는 강박도 많이 줄었고(강원도 살 때는 주말이면 운전을 수백 킬로씩 하곤 했다), 어쩌다 비오는 날엔 쇼핑몰이라도 가봐야 할 것 같은 초조한 마음도 느껴지지 않는다. 문을 열고 나가면 바로 흙을 밟을 수 있다는 이 작은 변화가 마음에 주는 변화가 이렇게 클 줄은, 기대는 했지만, 미처 몰랐다.

하지만, 여전히 한 바퀴 돌고 나면 마음 한 구석에서 몽글몽글 오래된 불안들이 피어오른다. 이 시간에 남은 책을 읽어야 하는데, 빨리 며칠 전에 구해놓은 음반을 들어봐야 하는데… 이렇게 마당에서 소중한 시간을 날리고 있어도 되나. 잔디 사이로 잡초가 아무리 솟아오른들 누가 뭐라 할 것도 아니고(물론 아내는 뭐라고 할 것이다), 꽃이야 한철 져버리면 그뿐인데, 더 '중요한' 일을 해야 하는 건 아닌가 하는 뿌리 깊은 불안. 마음속 깊이 이십 년 님세 나를 지배하는 성취와 축적에 대한 강박.

언제나 식물 한 그루를 제대로 키워낼 수 있을까. 작은 나무 앞에서 정말로 평온한 마음으로 앉아 있을 수 있을까. 하루하루 천천히 조금씩 훈련 중이다. 여전히 순간과 미래를, 내적 의미와 외적 성취를 화해시키는 것은 쉽지 않은 일이다.

드로잉

아주 어릴 때부터 낙서를 했다. 수업이 지루하거나 너무 졸릴 때 교과서나 공책 구석에 자동차나 헬리콥터 같은 것을 그렸다(〈에어울프〉라는 헬리콥터 액션물이 한참 유행할 때였다). 다음으로는 사람을 그렸다. 사람의 얼굴, 만화 『드래곤볼』에서 초사이언이 되어 울룩불룩 튀어나온 손오공의 근육들. 얼굴 그릴 땐 코에서 입으로 넘어가는 부분이 어려웠고 복근의 입체감을 살리는 일이 복잡했다. 짝꿍의 얼굴을 그려주고 교장선생님 훈화시간에는 앞에 앉은 친구의 뒤통수와 어깨를 그렸다. 나중에는 나무들, 문이나 창문, 손, 귤껍질, 오래 앉아 폭삭 주서앉은 의자 그림을 그렸다.

　처음에는 심심해서 그렸던 그림의 동기는 복잡해졌다. 나이 먹고는 '그림 잘 그리고 싶다'는 욕망이 부풀던 때가 있었는데, 점점 더 마음이 휘청일 때 기대는 수단이 되었다. 이런저런 일로 생각이

맴돌고 마음이 무겁고 괴로울 때는 그냥 눈앞에 보이는 것을 스케치했다. 그러다 보면 이상하게 매듭이 정리되고 압력이 내려가는 기분이었다.

처음엔 단순한 회피인가 싶었는데, 그렇지도 않겠다 싶었던 게, 지나고 보면 그때 내 눈과 마음을 사로잡은 대상들은 당시 고민과 연관되어 있을 때가 많았다. 촉각적 위안이 필요할 때는 손이나 귤 껍질을, 의존이 필요할 때는 의자를 그리고 있었던 것이다.

그러한 순간이 지나자, 드로잉은 그냥 그림 그리는 행동이 되었다. 내 눈앞에 있는 사물을 그대로 바라보고 당신이 거기 존재한다는 것을 마음으로 받아들이는 행위.

존 버거는 "진짜 데생은 끊임없는 질문이며 서툶으로, 이는 그려지고 있는 것에 대한 환대의 한 형태"[27]라고 말했다. 그는 그림 그리는 행위를 단순한 취미활동이 아니라 세상을 대하는 자세의 관점에서 보았다.

여기서 더 나아가 데생을 삶의 중심을 꿰뚫는 철학의 수준에서 고민했던 것은, 당연하게도 반 고흐였다. 그는 테오에게 보내는 편지에 이렇게 썼다.

"데생한다는 것은 무엇인가? 어떻게 이것에 도달할 수 있는가? 그것은 우리가 느끼는 것과 우리가 할 수 있는 것 사이에 버티고 있는 보이지 않는 철벽을 뚫고 길 하나를 내는 것이다. 어떻게 이 벽을 통과할 수 있는가? 벽을 쾅쾅 친다고 해결될 일이 아니지 않는가. 벽을 파내고 줄로 갈아야 할 것이다. 내 보기에는 천천히, 그리고 끈기를 가지고서."[28]

고흐의 문장에서 '데생'은 '연애'로도, '생각'으로도, '연주'로도, '삶'으로도 바꿀 수 있을 터이다. 결국 삶이란 '천천히, 그리고 끈기를 가지고서' 길 하나 그려가는 일 아닌가.

글러브

원주에 살면서 전직 해태 선수가 운영하는 야구 교습장을 발견했다. 그러면서 글러브에 꽂혔다. 하나만 있으면 되는 글러브를 캐치볼 같이하려면 꼭 필요하다는 핑계로 하나 더 구해놓고는, 만져보고 싶고 끼어보고 싶고 어떤 모양인지 가죽 느낌은 어떤지 궁금해서 자꾸 하나둘 사 모았다. 매일 중고 글러브가 나오는 야구장비 카페에 들어가서 중고매물을 살피다가, 귀한 물건이 나오면 두근거리는 가슴으로 구입 문자를 보냈다. 그러다 보니 어떤 때는 집에 글러브가 대여섯 개씩 굴러다닐 때도 있었다.

알고 보니 글러브라는 게 다 똑같이 공만 잡으면 되는 뻔한 장갑이 아니다. 포지션마다 구조도 다르고, 같은 포지션의 글러브라도 웹 모양도 다 개성 있게 다르고, 그 웹마다 특징도 다르고, 같은 웹이라도 미국식이냐 일본식이냐에 공을 잡는 개념 자체가 다르고,

같은 구조라도 킵이냐 스티어하이드(소가죽의 등급들이다)냐에 따라 가죽의 품질이나 특성이 달라서, 세상에 같은 글러브가 하나도 없다고 말해도 될 정도다. 하나하나 알아가는 재미도 쏠쏠했다. 몇 개는 끈을 다 풀고 해체해서 바닥도 뜯고, 가죽 접착용 컴파운드도 구해서 잼 바르는 나이프로 가죽 사이에 덕지덕지 발라보기도 했다. 처음에는 딱딱해 움직이지도 않던 글러브는 자꾸 손으로 만지고 공을 받고 하다 보면 조금씩 조직이 풀리고 부드러워지면서 손에 맞춰지는데, 그 과정도 참 감질나면서도 재밌다.

"왜 이렇게 글러브에 집착하는 거야?" 아내가 물어서, "어 그러게?" 하고 생각해본 적이 있다. 손이라는 해부학적 기관에 유독 관심이 많다. 어릴 때부터 낙서처럼 내 손 남 손을 그려오기도 했고(그게 무의식적 관심 때문이었다는 것을 나중에 알았다), 다른 사람을 만나면 손을 나도 모르게 쳐다보고 그 사람의 삶을 짐작해보곤 하는데, 그래서 끌릴 수도 있겠다. 사실 글러브는 거대한 손 아닌가! 마치 만화에서 눈을 현실보다 훨씬 크게 그리듯(감정 인식에서 가장 중요한 것은 눈빛과 눈 주변 근육의 형태이기 때문에 인간은 본능적으로 눈부터 본다), 심리적 중요성만큼 부푼, 손으로서의 글러브. 재미있게도 석기시대부터 철기시대까지 유라시아 초원지대에서 수만 년 동안 그려진 암석화를 보면 항상 사람 손을 아주 크게(딱 글러브만 하게) 그려놓았다. 오래전부터 우리에게 손이라는 기관은 중요했던 것이다. 또한 우리 뇌의 감각과 운동중추에는 우리 몸의 각 부분을 느끼고 움직이게 하는 영역이 따로 분배되어 있는데, 그중 가장 넓은 면적을 차지하는 것이 얼굴과 손(여기서도 비례를 보면 글러브만 하다!)이다. 그만큼 생물학적으로도 중요한 것이다.

글러브를 부드럽게 하겠다고 조물락조물락 거리고, 캐치볼할 때 손을 넣고 땀이 밸 때까지 만지작거리는 행동들에서 비슷한 의미를 찾을 수도 있겠다. 프로이트나 멜라니 클라인 같으면 성적인 의미를 찾아내는 것을 주저하지 않았을 테지만, 나는 조금 더 근본적이고 원시적인 행동을 떠올린다. 할로우의 원숭이들처럼, 만지고 만져지고 싶은 스킨십에 대한 근원적 욕구 말이다. 손은 성적인 행동을 하기 이전에 쓰다듬는 기관이다. 우릴 쓰다듬는 손이 없을 때 우리는 자기 손으로 얼굴을 만지거나 양팔을 끌어안는다. 또 우리 손이 쓰다듬을 대상이 없을 때 카슨 맥컬러스가 묘사하듯, 외로운 손은 어쩔 줄 모른다.

"그에게는 손이 괴로움이었다. 손이 가만있지 않으려 했다. 자면서도 뒤틀렸고, 깨어보면 꿈속에서 수화를 하고 있는 때도 있었다. 그는 손을 보거나 손에 대해 생각하는 게 싫었다. 가느다란 갈색 손은 힘이 셌다. … 방에서 오락가락하면서, 아플 때까지 손가락 관절을 꺾기도 했다. 아니면 손바닥을 주먹으로 쳤다. 혼자 있다가 친구 생각이 나면, 자기도 모르게 손으로 말을 했다. 그러다가 혼잣말을 크게 하다가 들킨 사람 같다는 걸 깨달으면, 나쁜 일을 저질렀다는 생각이 들었다. 수치심과 슬픔이 뒤섞여, 손을 뒤로 돌렸다. 하지만 손은 가만히 있으려 들지 않았다."[29]

항히스타민제

여름이 되면서 바닷가에 하루 다녀왔다. 재미있게 놀고 해수욕장 수도꼭지에서 대충 씻고 귀찮아 비누칠도 하지 않고 잤더니 이상하게 몸이 좀 간지럽기 시작했다. 금방 사라지겠지 했는데 두 달이 넘도록 가라앉지 않는다. 새벽이면 가려워서 깨어나 다시 잠들지 못할 정도라, 냉동실에 아이스팩을 얼렸다가 심하게 가려운 곳에 올려놓아 보는데, 그러면 가려움은 덜한 대신 너무 차가워서 정신이 맑아지는 상황이라 이러지도 저러지도 못하고 괴로웠다.

항히스타민제를 먹으면 간지럼이 덜하다는 것은 알고 있는데, 웬만하면 먹지 않으려고 한다. 어릴 때부터 감기약을 먹을 때마다 병든 닭처럼 골골대는 데다가, 스무 살 겨울에는 몸살에 걸려서 근처 병원에서 감기약을 지어 먹고는 한기가 들어오는 자취방에서 혼자 짠하게 이불 뒤집어쓰고 끙끙대다가, 대낮에 멍하고 졸리고 기분이 이상한 상태에서 문득 방을 박차고 나가 골목 공중전화에서 첫사랑에게 몇 달 만에 전화했다가 매몰차게 차인 기억도 있어서 그렇다.

그런데 이젠 낮에 진료를 볼 때도 몸 여기저기가 따끔따끔 간질 간질하다 보니 나도 모르게 손 올려 긁는 지경이 되어 며칠 전부터 항히스타민제를 반으로 잘라서 먹었다. 그랬더니 덜 가렵긴 한데 예상한 대로 멍해지면서 누가 내 의식에 비닐을 한 겹 씌운 것 같은 느낌이 든다. 게다가 감정조절도 미묘하게 안 되어 까칠하고 예민 해졌다. 작은 일에도 울컥하고, 그래서인지 흔치 않은 일인데 한 번 은 보호자와 소리 높여 다투기도 했다. 며칠 전에는 아침에 큰아들 이 제 동생이랑 놀면서 조금 다투는 것 같았는데 나도 모르게 너무 큰 소리로, 나 스스로 내 목소리에 놀라면서 그러면서도 이상한 후 련함 같은 것을 느끼면서 소리를 또, 또, 지르는 일도 있었다. 문득 정신 차리고 내가 왜 이러지 했는데, 아무래도 약 때문인 것 같고 그렇게 화낼 일이 절대로 아니라, 출근하고 나서도 마음에 걸려 외 래 중간에 아들에게 전화해서 사과도 했다.

아들에게 "미안해, 아빠가 약 때문에 아침에 감정조절이 좀 안 됐나 봐…" 하고 나서 전화 끊고 아내에게 카톡으로 이야기하니, 당 신 요즘 가려우면 가려워서 까칠하고 약을 먹으면 약을 먹어서 예 민하니 이러나저러나 똑같다고 한다.

생각해 보니 그런 거 같다. 간지럼이 심하다 보니 나도 모르게 긴장을 해서 한 번씩 한숨을 내쉬게 되고 여기저기 긁다 보면 짜증이 난다. 그렇다고 약을 먹으면 앞서 말한 문제들이 일어나는 것이다. 아이들에게 아빠가 약을 먹은 상태이니 이상하다 싶으면 '안티(안티히스타민의 줄임말이다. '당신의 부적절한 화에 반대합니다!'라는 뜻일수도 있고)!'라고 외치라고 말해두었으나, 막상 그 순간엔 별 소용이없다. 이미 뚜껑은 열린 것이다.

그런데 문득 생각이 드는 게, 낮에 '항히스타민제'에 대해서 한꼭지 써봐야겠다 생각을 하고, 집에 와서 밥 먹고 산책하고 애들이랑 농구하고 지금 잠깐 음악을 들으면서 이 글을 쓰고 있는데, 원래보다 문장 만들어가는 진도가 빠르다. 문장이 이상하게 길어진다. 원래 읽고 또 읽고 하면서 고쳐가는 스타일인데, 그냥 휘휘 여기까지 적었다. 문장조차 항히스타민제 영향을 받고 있나 보다!

산책할 때로 이야기를 돌리면, 컴컴한 동네를 아이들 앞세워 걸으며, 병과 약과 성격의 미묘한 관계에 대해서 생각해 보는데 문득 '치병과 환후'라는 구절이 떠올랐다. 내가 좋아했던 구절인데, 뭐더라, 어디 나오는 구절이더라 하면서 뒤져 보니 바로 허수경의 시〈혼자 가는 먼 집〉이다. 정말 오랜만에 읽는데, 여전히 마음이 아린다.

당신……, 당신이라는 말 참 좋지요, 그래서 불러봅니다 킥킥거리며 한때 적요로움의 울음이 있었던 때, 한 슬픔이 문을 닫으면 또한 슬픔이 문을 여는 것을 이만큼 살아옴의 상처에 기대, 나, 킥킥……, 당신을 부릅니다 단풍의 손바닥, 은행의 두 갈래 그리고 합침 저 개망초의 시름, 밟힌 풀의 흙으로 돌아감 당신……, 킥킥거리며 세월에 대해 혹은 사랑과 상처, 상처의 몸이 나에게 기대와 저를 부빌 때 당신……, 그대라는 자연의 달과 별……, 킥킥거리며 당신이라고……, 금방 울 것 같은 사내의 아름다움 그 아름다움에 기대 마음의 무덤에 나 벌초하러 진설 음식도 없이 맨술 한 병 차고 병자처럼, 그러나 치병과 환후는 각각 따로인 것을 킥킥 당신 이쁜 당신……, 당신이라는 말 참 좋지요, 내가 아니라서 끝내 버릴 수 없는, 무를 수도 없는 참혹……, 그러나 킥킥 당신

이게 왜 떠올랐을까 따라가 보니 병과 약에서 연상이 시작되긴 했지만… 퍼뜩 생각난 게 사실 이 시는 첫사랑에게 전화할 무렵 외우고 다녔던 시였다! "당신이라는 말 참 좋지요, 내가 아니라서 끝내 버릴 수 없는, 무를 수도 없는 참혹." 이 구절들을 되뇌다 보면 내 하잘것없는 첫사랑에 비극적이고 숭고한 빛깔이 배어드는 것 같아 위로가 되었다. 연상들은 이렇게 흘러가는구나. 항히스타민제 덕에 오래 좋아한 시를 다시 만났다(그리고 내 딴엔 긴 글을 금방 휘적휘적 두서없이 썼다).

고래

세상에서 가장 매혹적인 생명체는 당연하게도 고래이다. 고래를 너무 좋아하다 보니 어느새 집 문 앞에 달아놓은 풍경도 고래, 화장실 앞 매트도 고래, 아내 핸드폰 케이스도 고래, 집 벽에 달아놓은 입체 종이접기 모형도 고래가 되었다. 집 거실에도 집 이사 직전에 전시회에서 만난 고래 그림이 걸려 있다.

몇 닌 선 개원을 준비하면서 의원 이름을 고민할 때도 '모비딕 정신과' 혹은 '백경 정신과'를 생각해봤었다. 아무리 생각해봐도 고래가 마음의 은유 같았기 때문이었다. 시커멓고 깊은 바다 속을 자유롭게 헤엄치다가 한 번씩 물을 뿜고 꼬리를 쳐들고, 그러다가 문득 온몸으로 뛰어오르면서 언어처럼 세상에 몸을 드러내는 고래. 지구 한 바퀴를 돌지만 어느새 항상 거기 있었다는 듯 앞바다에 꿈처럼 출몰하는 고래. 압도적으로 크고 엄청나게 힘이 세지만 유연하고 부드럽고, 무섭지만 편안하고, 괴물 같은데 엄마 같은 존재….

하지만, 사람들이 비뇨기과로 오해할까 봐 포기했다.

이름도 좋다. '고래고래고래' 입으로 중얼거려 보면, 안으로 집
중하게 만드는 '고'의 단호함과 가볍게 몸 풀고 밖으로 흘러나가는
'래'의 일렁임이, '고래고래고래' 중저음으로 소리칠 때의 위압감과
'그래그래그래'처럼 들리는 무조건적인 긍정성이, 이 거대하고 신
비한 존재에게 참 잘 어울리는 이름이라는 것을 알게 된다.

하지만 고래는 정신에 대한 은유를 뛰어넘는다. 하얗고 거대하
고 압도적이고 강력하고 깊숙한 곳에 살면서 빠른 속도로 움직이
고 삼키고 부수는, 굴복하지 않고 죽지 않는 생명. 너무나 매혹적이
나 누구에게도 잡히지 않는 존재. 『모비딕』에서 에이허브 선장은 파
멸을 예감하면서도 모비딕을 포기하지 못한다. 한 마리 생선이나
짐승, 하나의 개체를 추격하는 것이 아니라, 바다 한가운데에서 자
신의 죽음을 직면하려는 것처럼, 혹은 생명 자체를 만나려고 하는
것처럼 집요하게 모비딕을 추적한다. 에이허브는 스스로 모비딕이
"헤아릴 수 없는 존재"라고 말한다. 개체가 아닌 생명 그 자체의 상
징으로서의 고래. 그러니 고래에게 얼굴이 있을 리 없다.

"고래는 내게 이렇게 말하는 것 같다. 그대가 내 뒷부분인 꼬리
를 보더라도 내 얼굴은 보지 못할 거라고. 하지만 나는 고래의 뒷부
분도 완전히 이해할 수 없고, 제 얼굴에 대해 고래가 뭐라고 암시를
한들, 다시 말하건대 고래에게는 얼굴이 없다."[30]

산타클로스

크리스마스에 오시는 산타클로스 할아버지는 착한 아이에게만 선물을 주신다. 말하지 않아도, 아무리 감춰도 산타클로스 할아버지는 '알고 계신다. 내가 착한 앤지 나쁜 앤지.'

둘째아들은 여섯 살 때, 크리스마스가 다가오자 자기는 원하는 선물이 없다고 주장하기 시작했다. 빨리 선물을 말해야 미리 구해 놓을 텐데 부모 입장에서는 난감했다. 알고 보니, 당연하게도 정말로 원하는 게 없었던 게 아니라, 원하는 선물을 말했다가 막상 선물을 받지 못하는 사태가 일어나 자기가 나쁜 아이라는 것이 증명될까 봐 두려웠던 것이었다 아이는 산타 할아버지기 자신의 마음을 꿰뚫어 볼 수 있을 것이라 믿었고, 자신이 나쁜 아이라고 생각했다기보다는 자신의 못된 행동들이 산타 할아버지에게 나쁜 아이로 해석될까 봐 걱정했다.

그러다가 어느 순간 우리는 산타 할아버지가 세상에 없다는 것을 알게 된다. 이는 외적으로는 '아하! 그동안 부모님이 선물을 가져다 놓은 것이었구나. 그러게 하늘을 날아다니며 하루 만에 전 세계 수억 명 아이에게 선물을 다 가져다주는 게 어떻게 가능하겠어?' 하는 현실적 각성이지만, 내적으로는 '내가 말하지 않으면 다른 사람은 절대로 내 마음을 알 수 없구나!' 하는 심리적 경계에 대한 깨달음에서 온다. 내가 스스로 말하지 않는 한 내 마음속 나쁜 생각은 누구도 알 수 없는 것이다. 그 선을 넘을 때, 안심하며 조금은 아쉬워하며 우리는 어른이 되어간다. 슬프게도 더 이상 산타클로스 할아버지는 선물을 두고 가시지 않는다.

레쓰비

커피엔 맛있는 커피와 맛없는 커피가 있다. 괜찮다가 질리는 커피가 있고, 맛나지만 비싼 커피가 있다. 차갑게 먹을 땐 괜찮은데 뜨거우면 밍밍한 커피가 있고, 뜨겁든 차든 속 쓰릴 정도로 진한 커피가 있다. 숨을 깊이 들이쉬게 만드는 향기로운 커피가 있고, 하수구에 버리고 싶은 구정물도 있다. 레쓰비만은 예외다. 엄마 얼굴이 예쁜지 안 예쁜지 생각해본 적이 없듯, 밥이란 게 그 맛이 좋은지 안 좋은지 잘 신경 쓰지 않듯, 레쓰비는 레쓰비일 뿐이다. 학생회관 자판기에 커피는 레쓰비뿐이라서, 대학 일학년 때부터 졸업할 때까지 사 년 동안 하루에 두 캔에서 세 캔씩 레쓰비를 마셨다. 그땐 편의점에서 살 수 있는 커피도 몇 종류 없었고, 스타벅스는 비싸서 갈 수도 없었다.

아직도 레쓰비는 레쓰비일 뿐이라서, 마음먹고 한 모금 입속에서 굴리면서 이게 맛있는 건지 맛없는 건지 아무리 음미해 봐도 도저히 모르겠다. 그리고 그 한 모금은 어김없이 나를 멀리, 깊이 데려간다. 그곳은 과거인지 현재인지 모르겠으나 무슨 흙냄새 같은 게 난다.

문

대학 일학년 여름 방학 때 일이다. 집에 내려와 하루 종일 뒹굴뒹굴 소일하는 것이 일이었다. 이문세 테이프를 거실에 틀어놓고, 바람이 잘 부는 현관 복도에 앉아 데굴데굴 거리며 엄마와 잡담하고 책도 읽고 그렇게 한 달을 쉬었다. 평온에 대해 생각하다 보면 항상 이 시기로 되돌아가는데, 그만큼 그 심심한 시절이 좋았나 보다 싶다.

그러던 어느 날, 대문 활짝 열어놓고 현관과 베란다 사이 바람 길에 앉아 멍 때리고 있다가 문득 대문 쪽을 바라보았다. 순간 누가 손바닥으로 가슴을 팡 하고 때린 것처럼 깜짝 놀랐다. 놀람이 먼저 였고, 정신을 차린 나는 무엇이 나를 이렇게 놀라게 했는지 궁금해 하며 주변을 두리번거렸다. 아무 일도 없었다. 큰 소리가 난 것도 아니고, 누가 온 것도 아니고, 문밖에 뭐가 나타난 것도 아니고 심심한 오전 그대로였다. 단, 아까 물 마시려고 가져온 컵 하나가 현관 쪽

복도에 놓여 있었다. 그 컵을 본 순간 다시 한 번 가슴이 철렁 내려 앉았다.

놀랐는데, 무서웠거나 두려웠던 것은 아니었다. 아무런 자극적 소재가 없는 담담한 풍경인데, 이게 뭐야 하고 바라보고 있자니 이 상하게 낯설고 뭔가 신비롭기까지 했다. 한참을—그래봐야 일이십 분이었겠지만—그 장면을 바라보며 놀란 원인을 찾으려고 했지만, 그땐 도저히 짐작도 안 되어 그냥 다시 데굴거리는 일상으로 돌아 갔지만, 그 후로 오랫동안 그 의미를 이해하려고 노력했다.

그러던 중 르네 마그리트의 그림 〈Poison〉(1939)을 보았다. 문이 열리고 낯선 세계가 열리는 풍경. 마치 아이가 안방 문을 빼꼼히 열고 머리를 집어넣듯, 저 세계에서 구름이 이곳을 방문하는 순간. 문 뒤로는 바다가 펼쳐져 있다. 이는 바다에 대한 그림도 아니고 구름에 대한 그림도 아니다. 문이라는 사물, 문이 열리는 사건에 대한 깊은 탐구이다.

마그리트는 문에 대한 그림을 많이 그렸다. 그 모든 그림에서 문은 미지의 세계와 지금 여기의 현실을 연결하는 통로가 되고, 이상하게도 문을 통해서 새로운 공간이 초대될 때 이는 침범이나 공격이 아니라 방문처럼 느껴진다. 마치 기다리던 귀인이 도착한 것처럼.

문은 이 공간과 저 공간을 나누는 경계이지만, 동시에 새로운 세계를 여기로 초대하는 열림이다. 내가 뻔한 물 컵을 보고 놀란 이유도, 열린 문이 주는 새로운 가능성이 물 컵을 여기 일상과 '저곳' 사이로 들어 올렸기 때문은 아닐까.

나무

뉴질랜드 북섬 와이포우아 숲에 가면, 이 숲에서 가장 나이가 많은 타네 마후타(Tane Mahuta)라고 불리는 나무가 있다. 수령이 2300 년이 넘는 것으로 알려진 이 나무는 오래된 마오리족 전설에도 등 장한다.

전설에서 하늘·아버지를 뜻하는 랑기누이와 땅·어머니를 뜻하 는 파파누아누쿠는 금슬이 좋아 하나로 딱 붙어 있었다고 한다. 이 둘을 떼어놓으려는 시도가 다 실패하던 중에 아들 타네 마후타가 마침내 온힘을 다해 하늘과 땅을 분리하는 데 성공한다. 이때부터 세상엔 빛과 공간과 공기, 그리고 생명들이 존재할 수 있게 되었다. 이 나무가 마오리족에게는 생명을 탄생시킨 조물주가 되는 것이다.

원주에서의 생활을 정리하고 남도로 이사하기 전에 뉴질랜드 여 행을 했다. 북섬에서 렌트한 작은 일제 세단을 몰고 한참 북으로 올라갔는데 오로지 이 타네 마후타를 보기 위해서였다. 차를 세우고 숲 속으로 걸어 들어가서 타네 마후타를 만난 날, 내 삶에서 좋아했고 중요했던 사람들을—어린 시절 친구들, 가족과 친척들, 병원 동료들—기쁘게 만나는 꿈을 꾸었다.

나무는 뿌리를 내린다. 그리하여 한 자리에서 한 삶을 산다. 그러면서 자란다. 무거운 중력을 거슬러 천천히 그러나 단호하게 솟아오른다. 나무는 짐승들처럼 공간을 밀어내면서 자기 자리를 주장하는 것이 아니다. 키가 크고 폭이 넓어지지만, 그만큼 더 많은 공간을 품고 그 안에서 열매와 새와 동물들을 키운다. 가시나무 같은 관목 곁을 지나다보면 어디서 수런거리는 노래가 울렁울렁 흘러나오는 때가 있다. 나무에 가까이 다가가면 순간, 수십 마리 참새들이 품속에서 날아오른다. 알 속에서 깨어나는 것처럼.

나무는 인간들처럼 주변을 집어삼키는 것이 아니라(그래서 인간이 지나간 곳에는 폐허만이 남는다), 오히려 생명이 살 만한 공간을 만들어내면서 자신의 생을 함께 키워나간다(나무 그늘 아래 얼마나 많은 생명이 모여드는가). 마오리 족들이 타네 마후타가 빛과 공간과 생명을 탄생시켰다고 말할 때, 이들은 얼마나 정확한가.

한 자리에 뿌리박고 서서 꽃을 피우고 열매를 맺으며 수백 년 살아가는 나무의 내면을 나는 상상할 수 없으나, 나무 속엔 그 긴 생(生) 동안 조금씩 깊어지고 짙어지는, 내면 혹은 의식이라 부를 만한 그런 지속하는 흐름이 있으리라는 근거 없는 확신을 버리지 못한다. 그리하여 나무는 어쩌면 생명뿐 아니라 영혼까지 품는다. 시

인 오규원은 병상에서 간병하던 제자의 손바닥에 손가락으로 마지
막 시를 남겼다.

한적한 오후다
불타는 오후다
더 잃을 것이 없는 오후

나는 나무 속에서 자본다

꽃

남도에 이사하고 매년 단 한 번도 빼놓지 않는 연례행사는 사월 첫
주 수요일(주말은 차가 너무 밀린다)에 쌍계사에 들르는 것이다. 봄이
되어 꽃을 보러갔는데, 작년보다 꽃이 더 예쁘고 아팠다. 수천의 꽃
들이 연분홍으로 출렁이는 터널로 진입하면 나도 모르게 '으아' 소
리를 지른다. 바람에 꽃잎들이 지천으로 흩날릴 땐 온정신이 혼미
하고 눈앞까지 뿌옇다. 작년보다 꽃이 이리 더 좋다니 이게 늙은 건
가 생각했다가 오래 산 것으로 스스로 정정했다. 늙어서 감상적이
된 게 아니라 한 해 더 살아서 그만큼 마음에 피는 꽃의 부피가 더
커진 것이다.

　오래 살아서 조금씩 더 무뎌지고 둔해지는 것이 있고, 조금씩 더
민감해지고 잘 느껴지는 것이 있다. 스무 살 때는 고속도로 휴게소
들르는 일이 그렇게 설레었는데, 지금은 어떤 땐 귀찮아 내리지도

않는다. 꽃은 후자에 속한다. 한 해 한 해 지날수록 꽃이 피는 날 지는 날이 더 잘 보이고, 작년의 꽃과 올해의 꽃이 기억과 감각 속에서 뒤섞여 더 진한 향기를 풍긴다. 돌개바람에 바닥에 떨어진 꽃잎들이 공중으로 치솟을 때면 흉곽을 누가 쥐고 흔드는 것 같다. 동백의 붉음으로 시작해서, 제비꽃의 보라, 까치꽃의 파랑, 벚꽃의 연분홍, 개나리의 노랑, 튤립의 주황… 줄줄이 꽃들은 먼 산 위나 가까운 발치에 피어나고, 흩날리는 꽃잎이 마음에 와 박히는 것은 이토록 가벼운 소멸이 남의 일 같지 않기 때문이리라.

꽃은 열흘을 넘기지 못하지만 그래도 나무는 그 자리에서 여름에 열매를 맺고, 내년 봄이 되면 똑같지만 하나도 똑같지 않은 찬란한 꽃을 피워낼 거라는, 예전 같으면 입 밖으로 내지도 않을 은유를 새삼 곱씹는 것은 내가 나이를 먹었기 때문일까?

하지만 이 은유는 이미 삼천 년 전에 호메로스가 읊었던 것이다. 최근 호메로스를 다시 읽다가 이 부분을 마주치고 깜짝 놀랐다. 『일리아스』를 보면 디오메데스가 전장에서 글라우코스와 마주치는 장면이 나온다. 글라우코스(이 이름은 '찬란하게 빛나는 것'이라는 뜻이다)는 이렇게 말한다. "나무 이파리에도 세대가 있듯이 사람에게도 세대라는 게 있소. 나뭇잎은 바람에 날려 땅에 흩어지지만, 나무는 새 이파리를 만들어내고, 봄은 다시 오는 법이라오. 사람노 그와 같아서 한 세대는 태어나고, 한 세대는 죽는 것이오." 삼천 년 전의 은유가 내 개인적 은유와 만나다니, 이것이 나무의 원형적인 힘일까?

03
사유

고요

'고요'라는 말을 좋아한다. 입을 동그랗게 모으고 '고요'라고 말해보면 코에서 시작한 떨림이 가슴으로 옮겨져 '오'음이 길게 남는다. '고오'라고 하면 좀 심심했을 텐데 '요'라는 겹모음이 있어서 '요들 레이' 하듯 잠깐 쾌활하고 장난스러운 여운이 생겨나는데, 그 소소한 일탈이 재밌다. 덕분에 더 고요한 느낌이 드는 것도 같다.

사실 고요한 것을 잘 견디지 못한다. 짬만 있으면 핸드폰이나 책을 펼치고, 그래도 허전하면 배경에 음악을 틀어놓는다. 쉬는 날 혼자 집에 있을 때면 음악을 틀어놓고 책을 읽으면서 거기에 소리 죽여 티브이까지 켜놓기도 한다. 이렇게 평소 삶엔 고요는커녕 소란과 산만과 혼잡만이 가득하다. 그래서 더 '고요'를 좋아하는, 혹은 좋아하고 싶은 건지도 모른다.

헤겔은 전혀 어울리지 않은 자리에서 고요에 대해서 말한 적이 있다. 그는 『정신현상학』 서문에서 이렇게 쓴다. "그러므로 참된 것은 술 취한 바쿠스의 휘청거림이다. 어떤 부분도 맨 정신으로 멀쩡하지 않으며, 그 휘청거림은 투명하고 하나인 고요이다."

독일어를 알지 못하니 원문의 정확한 뜻을 알 길 없으나, 갑자기 '투명하고 하나인 고요'라는 모호한 비문이 등장하는 부분이 이상하게 끌려서 따로 적어놓았었다. 헤겔식의 이상한 '변증법적 종합' 속에서 멀쩡하지 않은 속세의 취기가 고요로 변하는 시적인 순간이 좋다. 시끄럽기 때문에 고요한 것이다.

정신분석가 위니코트는 고요의 의미에 대해서 그답게 직관적으로 표현했다. 그는 갓 태어난 아기에게, 우리 모두의 삶이 시작하는 그 여리고 위태로운 때에 고요가 반드시 필요하다고 말한다. 방해받지 않고 어떤 불안도 없이 그저 '존재하기만 하는' 상태의 고요.

"고요한 순간에 그들이 식별해 내는 많은 것, 나무 사이로 보이는 하늘, 모든 것이 들어오고 나가며 주변을 맴도는 엄마의 고요한 눈 외에는 다른 모습이 없다고 가정하자. … 이런 상태는 유지할 민한 매우 귀중한 것이다. 그것이 없이는 무언가를 잃은 것이다. 그것은 주위에 어떤 흥분도 없을 때, 평온하고 편안하며 긴장이 풀리고 사람과 사물에 대해 느끼는 일체감 같은 것이다."[1]

이렇게 고요한 순간이 충분해야만 우리 존재는 꽃봉오리가 천천히 벌어지듯 스스로의 잠재력을 펼치기 시작할 수 있다고 위니코트는 믿었다. 너무 이른 시기에 자꾸 세상에 신경 쓰고 주변에 자신을 맞추며 불안해하다 보면, 자연스러운 성장의 흐름이 흐트러질 수 있다. 중요한 것은 아무런 방해도 침입도 불안도 없는 순간을 아이가 누리기 위해서는 그 배경에 '고요한 눈'을 가진 엄마가 있어야 한다는 것이다. 아이 몰래, 어떤 대가나 보상도 바라지 않고 오로지 사랑으로 아이를 지탱하는 존재. 그러므로 고요하다 느낄 때, 우리는 홀로인 것이 아니라 세상으로부터 보호받고 있는 것이다.

혼란

혼란, 안팎에서 뭔가가 생기거나 사라지고 변하고 뒤섞이는 순간들.

우리는 본능적으로 혼란을 제어하고 통제하려고 한다.

혼란은 불편하다. 불안하고 불확실하다. 어쩔 줄 몰라 허둥지둥
한다. 하지만 송재학 시인은 "평정을 잃는 순간이란 바로 또 다른
질서이자 섬세함"이라고 썼다. 그의 시에 자주 등장하는 '우레'는
그 순간의 상징이다. 우릉우릉 세상 밖에서 울려 우리 몸속으로 파
고드는 흉조인지 길조인지 알 수 없는 징조들. 혼란의 감각을 표현
하는 참으로 탁월한 은유.

금은의 소리 내는 별보다 더 빛나는, 병의 한쪽을 감싸고 깊어지는
물의 우레[2]

시에서처럼 우레는 지구 밖 우주에서부터 우리 몸속 병환까지 울렁울렁 연결되어 있다. 그 수많은 불안한 안팎의 징조들을 담고 우리 육체는 시간 속에서 살아간다. 파스칼 키냐르에 따르면 카오스(chaos)에 해당하는 그리스어 'khaos'란 단어는 '갈라지는 얼굴' 즉, 벌어지는 인간의 얼굴을 의미한다.[3] 인간의 얼굴이 벌어진다는 것은 무슨 뜻일까. 물론, 우레우레… 알 수 없는 징조들이 출몰한다는 뜻일 터이다. 표정을 통해, 말을 통해, 열려 있는 눈, 코, 입의 구멍들을 통해.

우리는 이러한 징조들을 어떻게 맞이해야 할까?

존 키츠는 1817년에 '수용적 능력(negative capability)'이라는 용어를 만들었다. 번역하기 참 어려운 구절이다. 누구는 '부정적 능력'이라 옮기고, '수동적 능력'이라 번역하는 이도 있다. 키츠의 의도는 '아무것도 하지 않고 있을 수 있는 능력'에 가깝다. 뭔가가 일어나고 있을 때 그 생성·혼란의 순간에 아무것도 하지 않고 기다리는 능력. 그래서 그 무언가가 활짝 피어나기를 기다리는 능력.

비온은 이 수용적 능력이 분석가에게 필요한 가장 중요한 자질이라고 말했다. 내담자의 이야기를 이해할 수 없고 감정에 접촉할 수 없을 때, 좌절하지 않고 억지로 해석하지 말고 미리 달래거나 안심시키지 않고 기다리기. 혼란을 그대로 마음에 담고 민감하게 기다리기. 섬세하게 상황을 감지하며 기다리기. 너무 일찍 이해해 버리지 않기. 그래서 '너는 모르지, 나는 알아. 내가 가르쳐줄게' 하지 않기. 비온은 모호함을 충분히 견뎌야 진실에 다가갈 수 있다고 믿었다.

비단 치료의 순간뿐만은 아니다. 일상에서도 우리는 저도 모르게 반사적으로 우레를 지워버리려는 시도를 한다. 귀마개를 하고 진통제를 먹고 딴청을 피운다. 비온이 이런 상황과 연관해서 드는 예는 참 재미있다. 비온은 이런 문장을 제시한다. "수영할 기회가 있었다면 얼마나 좋았을까!(How I wish I had a chance to swim)"[4]

수영을 하러 갔는데 오늘 쉬는 날이다. 설레고 기대했던 마음이 좌절된다. 어쩔 수 없이 몸을 돌려 나오지만 마음이 편치 않다. 가슴이 묘하게 답답하다. 미리 확인해보지 않았다는 짜증 섞인 후회와 자책이 슬슬 올라온다. 물속에 들어가면 참 시원할 텐데…. 불가능하기 때문에 욕망은 더 강렬하게 치솟는다. 그 복잡한 감각들이 울렁거린다. 가슴이 '우레우레'하다. 우리는 불쾌하다. 그래서 엄마에게 툭 말한다, 혹은 카톡으로 친구에게 문자를 쓴다.

"수영할 기회가 있었다면 얼마나 좋았을까!"

말하고 나면 좀 낫다. 우리는 수영에 대한 생각을 내려놓고, 그냥 친구를 만나 냉면을 한 그릇하거나, 집에 가서 샤워나 해야겠다고 생각한다. 조금 더 편안해졌다. 참으로 성숙하다. 그런데 이런 태도가 뭐가 문제란 말인가?

비온은 이런 말들은 "어떤 상태가 마무리됐다는 아이디어를 나타내고 그 상태가 계속되었을 때, 즉 그 사람이 계속 수영하기를 원했다면 느꼈을 불포화를 불가능하게" 한다고 쓴다. 나아가 "성장과 성숙에 대한 두려움은 매우 강렬하고도 빈번하게 경험되며 그 가능성 자체가 기피된다"라고 말한다. 수영 못 해서 아쉽다고 한마디 했다고 이렇게 심각하게 비난당하면 좀 억울하겠지만, 그래도 생각해 볼 구석은 있다.

수영에 대해서 말함으로써 우리는 수영을 하지 못하게 된 상황 때문에 야기된 복잡한 감정을 조금 내려놓을 수 있었다. 하지만 비온 입장에서는 이때 우리는 그 압력을 마음에 조금 더 담고 있었다면 어쩌면 가능했을 다른 상태를 상실하게 된다.

우리는 수영장의 스케줄을 폰에 사진으로 찍어 저장해놓고 다음에는 이런 일이 일어나지 않게 예방했을 수도 있다. 옆 동네 수영장을 찾아가 봤더니 '여기가 더 낫네!' 하는 발견을 하거나, 친구와 연락해서 주말에 바다에 놀러갈 약속을 하고, 실컷 수영하고 밤에 모닥불도 피워 고기 구워먹고 더 재미있게 놀았을 수도 있다. 하지만 그 문장을 통해 불쾌를 피함으로써 우리는, 불편함을 줄이는 대신 가능성을 상실한 것이다.

따라서 혼란을, 이해할 수 없는 경험의 총체를 있는 그대로 겪어내는 일은, 적극적으로 아무것도 하지 않는 이 모순된 행동은 삶의 가장 창조적인 순간에 속하는 것인지도 모른다. 소설가 존 쿳시는 이렇게 말했다.

"나는 혼란스러운 게 아니에요. 불안정할지는 몰라요. 그러나 불안정하다는 것이 정신이상은 아니에요. 우리는 모두, 더 불안정해야 해요. … 우리는 더 자주, 우리 자신을 흔들어야 해요."[5]

기다림

서울에 들렀다가 출판사 편집자를 만났다. 새 원고(이 책이 되었다) 이야기를 잠깐 했다. 집으로 돌아가는 기차에서 도스토옙스키의 다음 문장을 만났다.

"자기 자신의 방식으로 말이 안 되는 것을 말하는 것이, 다른 사람의 방식으로 말 되는 것을 말하는 것보다 더 낫다. 전자의 경우는 인간이지만, 후자의 경우는 참새에 불과하기 때문이다."

용기를 얻어서 오래 닫아두었던 원고 파일을 두 달 만에 열었다. 원래 글쓰는 계획을 세우지 못한다. 뭘 쓸지 미리 정하지도 못한다. 일 년 계획은커녕 그냥 오늘 하루 근근이 일을 마무리하는 것, 끝나고 밥 먹고 아이들과 놀고 음악 듣고 쉴 궁리 정도가 내가 계획할 수 있는 전부이다. 그 사이에 문득 한두 문장, 두세 단락을 쓸 수 있는 날이 온다.

왜 그러는지 이유도 알지 못한 채 두 달째 한 문장도 쓰지 못하다가, 아침에 기차 타고 서울 올라오는데 문득, 글의 길이를 줄이고 더 내밀하고 개인적인 문장을 만들어야 하는 게 아닌가 하는 생각이 들었는데, 그게 만남을 통해 조금 더 확고해진 느낌이 든다. 여기에서 시작해서 당분간 다시 원고들을 정리해볼 것 같다. 그러다 보면 예기치 않는 순간에 중단이 오고 변형이 생길 터. 그렇게 내가 미리 알 수 없는 결과물들을 향해 그냥 하루하루 나아가는 것이 이제 받아들일 수밖에 없는, 내 방식이다. 나는 나를 기다린다.

모든 인상, 모든 감정의 싹을 완전히 자기 자신의 내면에서, 어두운 곳에서, 말할 수 없는 곳에서, 무의식 속에서, 자신의 오성이 도달할 수 없는 곳에서 완성하여 깊은 겸손과 인내로 새로운 분만의 시간을 기다리는 것, 이것만이 예술가의 생활이라 할 수 있습니다. 이해에서도, 창작에서도 마찬가지입니다.[6]

스무 살 무렵 그냥 뭔가 심오해 보여서 무슨 뜻인지도 잘 모른 채 밑줄 긋고 외웠던 릴케의 문장이 이제서야 정말로 마음에 와 닿는다. 비슷한 맥락에서 뭐든지 닥쳐서 하는 편이다. '내일 할 일을 오늘 미리 하지 말라'는 신조랄까. 물론 게으름이 가장 큰 이유이지만, 굳이 변명하자면 마음의 저 밑에서 뭔가 더 무르익기를 기다리는 것도 있다. 생각해봐야 할 주제가 있거나 중요한 발표가 있으면, 대략적인 개념이나 콘셉트만 정해놓고, 소재들을 마음의 밭에 흩뿌려놓고 딴 생각하면서 시간을 보낸다. 그러다가 한번 날 잡아 대충 정리하고 그때 떠오른 것들을 던져놓고 다시 며칠. 그리고 마지막 순간에 그 사이 자라난 것들을 거두어 마무리하기.

그렇게 하다 보면 뻔한 생각들이야 뻔하게 먼저 떠오르지만, 여러 소재들을 새로운 관점으로 연결시켜주는 지점이라든가 사태에 대한 조금 더 깊은 성찰은 가장 나중(어떨 때는 아쉽게도 발표 다 끝나고 나서)에 떠오르는 일이 잦다.

생각한다는 건 결국 노력하는 일과 기다리는 일이, 능동과 수동이 미묘하게 뒤섞인 시소 놀이인 것 같다. 더 무거운 역기를 드는 것처럼 의지로 지향하는 것이 아니라, 기다리고, 만나게 하고, 변화를 허용하고, 생성이 일어날 수 있는 환경을 만들어주는 일. 그러니까 근육을 불리는 일이 아니라 식물을 키우는 일에 가까운 사건. 나도 알 수 없는 뭔가를 보살피고 달래고 추슬러서, 어떤 생각이 깨어나는 순간을 초조하게, 감사하며 기다리는 일.

해탈

아버지는 돌아가시기 얼마 전까지 불교주의자였다. 불교도라고 쓰지 않고, '주의자'라는 단어를 쓴 이유는, 내가 아는 한 아버지는 불교를 '믿었다'기보다는 불교적 삶의 방식을 좋아하시는 쪽이었기 때문이다.

대학교 막 입학해서 우울을 겪으면서, 이런저런 종교를 두리번거렸다. 선불교 책들과 오쇼 라즈니쉬류의 신비주의 책들을 탐독했다. 성경을 읽고 실존주의 책들도 읽었다. 그렇지만 결국 박상륭의 『칠조어론』에 꽂혀 다시 선불교로 돌아왔다. 새벽에 문득 잠에서 깨어 보면, 벽을 향해 가부좌하고 앉아계시던 아버지의 꼿꼿한 등을 아직 기억한다.

그러나 해탈에 대해서 가장 명쾌한 정의를 내린 것은 그 어떤 고승이나 불교학자가 아니라, 문학평론가 김현이었다. 김현은 유작 『행복한 책읽기』에서 "해탈은 목표가 아니라 결과이다"라고 썼다. 삶의 의미를 치열하게 탐구해가는 과정에서 문득 이르게 될 수도, 그렇지 못할 수도 있는 것이 해탈이지, 해탈 자체가 목표가 아니라는 것이다.

그러고 보면 목표로 할 수 없는 것들이 우리 삶에는 많이 있다. 학부모 강의에서 어떤 아버지가 아들이 자신을 존경하지 않는다면서 존경받는 방법을 알려 달라고 질문한 적 있다. 그때 나는 김현 선생을 빌려 존경은 목표가 아니라 결과라고, 우리가 아들에게 아빠를 존경하라고 명령할 수는 없지 않으냐고 되물었다. 같은 맥락에서 우리가 행복하려고 노력하는 것이 과연 가능할까? 아도르노는 그럴 수 없다고 보았다.

"진리에 적용되는 것과 비슷한 것이 행복에도 적용된다. 사람은 그것을 가지는 것이 아니라 그 안에 존재하는 것이다. … 행복한 사람은 자신이 그런 줄 알지 못한다. 행복을 볼 수 있기 위해 그는, 이미 어머니 뱃속에서 나온 사람처럼, 행복에서 나와야만 할 것이다."[7]

우리는 행복 속에 있는 것을 알아챌 수 있다. 혹은 '그때 행복했었구나'라고 회고할 수 있다. 그러나 행복하려고 노력할 수는 없다. 어떤 노력은 목표 자체를 훼손한다. 혹은 목표를 설정하는 것 자체가 거기로 가는 길을 망가뜨린다.

우울한 사람만이 살아야 하는 이유를 묻는 법이다. 그리고 삶의 목적을 이해하려는 종교들이 유사 이래 얼마나 많은 사람을 죽였던가. 우리 삶에는 차라리 가만히 앉아 있는 것이 더 나을 때가, 그것만으로 충분할 때가 많다.

해탈, 두 번째

어릴 때부터 풍경 속에 있을 때, 오로지 순수하게 풍경을 바라 본
적이 없었던 것 같다. 뭔가 어떤 일이 마음속에서 벌어져 그 사건을
통해 내게 '깨달음'이 오기를 바라고 기다렸다. 그 깨달음이란 게
뭔지, 그건 어떤 느낌인지, 그 속살을 한 번도 들여다본 적이 없었음
에도 그랬다. 나는 항상 바라보고 있었고, 바라고 있었으며, 기다리
고 있었지만, 그게 뭔지는 나도 몰랐으니, 왔어도 그게 그건지 모를
터였지만, 그런 생각까지는 해보지 못하고 그냥 기다렸다.

뉴질랜드 여행이 열흘을 넘어가면서, 밀퍼드 사운드를 지나 마
운틴 쿡의 산을 바라보면서 운전하는데 문득, 내가 깨달음 같은 걸
더 이상 기다리지 않고 있다는 것을 발견했다. 그냥 산과 들을 바라
보고, 하늘을 바라보았다. 숨을 들이쉬고 내쉬었는데, 그뿐이었다.
넓은 공간의 공기가 호흡으로 내 안으로 들어오고, 내 폐의 공기가

세상 속으로 퍼져가는 것을, 그 과정 속의 정적을 느끼고 있었지만 그뿐이었다. 참 좋다, 말하는 걸로 만족했다.

되돌아보니 나에게 '깨달음'은 죽음에 대한 공포로부터의 자유와 어두운 감정으로부터의 자유, 결국은 그 둘이 아니었나 싶었다. 웃음이 났다. 비겁하게 항상 좋고 기쁘고 착하고 예쁘고 따듯하고 사랑스럽기만을 바라면서, 슬프고 우울하고 괴롭고 비참하고 억울하고 답답하고 서운하고 막막하고 두렵고 미안하고 밉고 부럽고 허무한 그 모든 감정들이 그냥 사라져주기를 원하다니. 어릴 적에, 여자친구랑 싸울 때 감정이 격해지면 휙 도망쳤던 것처럼. 그러면서 좀 더 합리적인 대화를 위해 서로 시간을 갖자는 둥 그렇게 비겁하게 합리화했던 것처럼, 감정을 담고 살아내기보다는 누군가 그걸 싹 다 지워주기를 바랐던 것이다. 그건 깨닫는 것이 아니라 반쪽이 되는 것이고, 마음의 반을 썩히는 것이고, 삶의 반을 버리는 것인데도 말이다.

죽음에 대한 공포야 뭐 어렵하겠나. 풍경 좀 쳐다보고 있다고 휙 하고 사라진다면, 그게 망각이 아니고 무엇이겠나. 깨달음이라는 게 단순히 공포가 사라지는 것이라면 그게 광기나 마비가 아니면 무엇이겠나.

죽음

죽음을 처음으로 강렬하게 의식했던 바로 그 순간을 기억한다. 초등학교 이학년 가을이었다. 마당 끝 변소에 갔다 집으로 돌아오는 길에 문득 바라본 하늘엔 별이 너무도 가득했다. 고개 꺾고 별들을 바라보고 있자니, 어둠 속에서 별들이 하나 또 하나 돋아 올랐다. 수만 년 수억 년을 달려온 빛들이 지금 여기에서 나와 만난다는 사실 (과학자가 되겠다는 꿈으로 한참 이런저런 과학책들을 읽던 때였다)이 갑자기 너무도 강렬하게 실감되었다. 참으로 짧은 생을 사는 나라는 존재가 지금 여기 살아있다는 것이 얼마나 희박한 우연인지 새삼 놀라웠다. 그 순간 누가 내 귀에 대고 단호하게 말하는 것처럼 '나는 죽는다'는 사실이 마음속 깊이 내려앉았다.

전에는 살다가 한번씩, 지금은 매일, 하루에도 여러 번, 허기처럼 혹은 포만감처럼 죽음을 생각하고 그 공포를 느낀다. 막막한 첫 느낌은 하나도 변한 것이 없다. 언젠가부터 나도 모르게 죽음(그리고 꿈)에 대한 텍스트를 수집한다. 영원히 알 수 없는, 가장 깊은 두려움의 근원인 죽음에 대해서 어떻게 해서라도 예상하고 친해지고 싶은 것일 터이다. 아이들이 마음에 와 닿는 동화책을 질리지도 않고 수십 번씩 읽어 달라고 하듯, 그렇게 수집한 텍스트들을 생각날 때마다 읽어본다.

물론 죽음에 대한 어떤 텍스트도 우리에게 죽음에 대해 알려주지 못한다. 소설가 헤르만 블로흐는 1938년 게슈타포에 체포되어 5주간의 감금 생활을 하는 동안 죽음에 대한 공포 속에서 『베르길리우스의 죽음』을 썼다. 두 권 칠백 쪽 빼곡한 문장 속에서 블로흐는 베르길리우스를 통해 죽음에 대해서 전례가 없을 정도로 집요하게 탐구했으나 그 수만 행의 문장으로도 결국 죽음 직전까지만, 바로 직전까지만 다가갔을 뿐이다.("무한은 그 언저리의 끝자락에조차 도달하기가 어렵고, 애타게 내미는 손도 감히 이것을 만질 수가 없다. 그런데도 불구하고 그것은 접근의 시도였다. 의연한 접근의 시도였다."[8]) 모리스 블랑쇼가 정확하게 지적한 대로 죽음은 절대적인 미지의 영역에 속한다. 우리의 의식은 그곳에 무한히 가까이 접근할 수는 있으나 절대로 그 영역을 넘어가지는 못한다. 셰익스피어는 벌써 오백 년 전에 블랑쇼 말의 의미를 알고 있었다. 그는 참으로 매력적인 캐릭터 팔스다프의 입을 빌려 이렇게 말한다.

죽는다는 것은 속이는 것이다.

생명을 지니지 않았으니, 인간인 척하는 것뿐이다.[9]

같은 맥락에서 요절한 시인 실비아 플라스는 "죽음이란 경험을
할 수 없는 상태이다"라고 일기에 썼다. 따라서 텍스트에서 우리가
알 수 있는 것은 죽음 자체가 아니라 죽음에 대한 태도일 것이다.
몽테뉴가 "철학이란 단지 죽음을 대면할 채비를 하는 것이다"라고
말했듯 말이다.

참으로 사랑스러운 소설 『돈키호테』의 저자 세르반테스는 세상
을 떠나기 이틀 전에 쓴 글 『페르실레스와 세히스문다의 고생길』에
서 참으로 따스하고 우아한 태도로 마지막 인사를 건넨다.

내 인생은 끝나가고 있습니다. 나의 맥박의 정해진 숫자가 이대로
가다 보면 아무리 늦어도 이번 일요일쯤 그 일정을 다할 것 같네요.
나의 생을 끝마치게 되는 날이지요. 참 어려운 순간에 귀하를 알게
되었군요. 귀하께서 내게 베푼 친절에 대해서 감사를 표할 시간도
남아 있지 않으니까요. … 어쩌다 또 때가 되면, 끊긴 이야기를 다
시 이어서, 여기 모자라고 필요했던 말을 다 할 때가 오겠지요. 안
녕들 하세요, 감사합니다. 아름다운 말들도 안녕. 참 즐거웠던 좋은
친구들도 안녕. 나는 죽어가고 있습니다. 다른 세상에서 하루빨리
또 즐거운 마음으로 그대들을 만나 뵙길 희망합니다.

스무 살 무렵부터 마흔다섯이라는 나이 이후를 생각해본 적이

없다. 오대 종손인 나는 아버지부터 시작해서 위로 5대가 모두 쉰이 되기 전에 세상을 떠나셨다(고 들었다). 어릴 때 어르신들은 그러니 너도 항상 건강 조심해야 한다, 말씀하시곤 했는데 어느 순간부터 이 나이가 강박이 되어 다가왔다. 돌아가신 아버지와 같은 나이인 마흔다섯이 된 지금 새삼 T.S. 엘리엇의 〈J. 알프레드 프루프록의 연가〉가 눈에 들어온다. 잘 이해가 가지 않아 땀을 삐질삐질 흘리며 세 번 네 번 읽어왔는데, 문득 이상하게 한 구절이 마음에 와닿았다.

시간은 있으리라, 시간은 있으리라.
살해하고 창조할 시간은 있으리라,
그리고 그대의 접시 위에 한 의문을 들었다 놓았다 하는
두 손의 모든 일들과 날들을 위한 시간은 있으리라.
그대를 위한 시간과 나를 위한 시간은 있을 것이고,
백 번이나 망설이고,
백 번이나 몽상하고 백 번이나 수정할 시간은 있으리라.

말년의 엘리엇이 정말로 오래 살 것 같아서 이런 시를 쓰지는 않았으리라. 지금 여기에서의 삶에 온전히 몰두할 때, 백 번의 시간이 생겨난다. 백 번이나 망설이고 몽상하고, 백 번이나 수정할 시간. 어, 그런데 이건 삶에 대한 텍스트가 아닌가? 죽음을 곱씹다 보면, 이렇게 어느새 뫼비우스 띠처럼 삶에 도착하는구나. 우리는 떠날 때 안녕이라 하는 것처럼 만날 때도 안녕이라 인사한다. 안녕, 안녕.

놀이

아이들은 자라면서 한 단계씩 만화의 수준을 높여간다. 그런데 신기하게도 뽀로로는 한참 큰 아이들도 좋아한다. 〈로보카 폴리〉가 유치하다며 〈카봇〉과 〈신비아파트〉만 보는 둘째도 뽀로로만 나오면 아무 말 없이 쏘옥 빠져든다. 나 역시 뽀로로만 보면 채널 돌리는 것을 잊어버리는 사람에 속하는데, 무엇보다 뽀로로의 매력은 주제곡에 있다. 첫 소절 "노는 게 제일 좋아, 모두모두 모여라"에 아이들 (그리고 나)은 마음 쉴 곳을 찾는다. 노는 게 정말 제일 좋은데, 이상하게 어른이 되어 그렇다고 말하는 게 부끄럽다. 그런데 뽀로로 친구들이 합창으로 그렇다고 이야기해주니 기분이 좋아진다.

그렇다면 놀이란 그냥 어릴 때 잠깐 하고 마는 시간낭비에 불과한 것일까. 인간이 놀이에 대해 진지하게 생각한 것은 사실 생각보다 오래되었다. 진지하기로는 둘째가라면 서러울 플라톤은 제목부터 심각한 책 『법』에서 이렇게 쓴다(우리나라 학부모들이 들으면 기함할지도 모른다).

"그러면 무엇이 바로 사는 방법인가? 삶을 놀이하면서 살아야만 한다. 즉, 어떤 경기를 하거나, 제사를 지내거나, 노래하고 춤추거나 하며 살아야 한다. 그러면, 사람은 신을 달랠 수 있고 적으로부터 자신을 보호할 수 있으며, 경쟁에 이길 수 있다."[10]

현대에서 놀이에 대해서 가장 진지하게 접근한 사람은 요한 호이징가였다. 1936년에 출판된 '놀이하는 인간'이라는 뜻의 『호모 루덴스』라는 책에서 하위징아는 놀이의 복잡한 속성과 의미에 대해서 깊이 파헤친다. 그는 우리 문화의 다양한 형식들―법률, 경기, 전쟁, 지식, 시, 신화, 철학, 예술 등―에 남아 있는 놀이의 요소들을 판별하고 궁극적으로는 "진정한 의미의 순수한 놀이가 문명의 주된 기초 중 하나"라고 말한다. 문화란 애당초 노는 것이기 때문이다!

이후에 놀이에 대해서 가장 깊이 탐색한 사람은 위니코트였다. 위니코트는 밖도 아니고 안도 아닌 그 중간에서 놀이의 자리를 발견한다. 그에게 놀이는 내면세계와 외부 현실이 섞여 있는 중간지대에서 일어나는 일이다. 프로이트의 손자가 실 꾸러미를 던지면서 놀 때, 한편으로 아이는 그것이 단순한 실 꾸러미이며, 실을 손으로 잡아당기니 실 꾸러미가 다시 눈앞에 나타난다는 것을 알고 있다. 그러나 동시에, 아이는 사라진 엄마가 다시 나타나는 것을 본다. 이 놀이를 반복하면서 아이는 안도하고 위로받는다. 사라진 엄마가 다시 나타날 것이라는 믿음을 조금씩 키워나가는 것이다. 놀이는 이렇게 현실이자 환상이다. 둘이 겹쳐 있지만 하나도 헷갈리지 않고, 이상하지 않다.

이렇듯 놀이를 통해 아이들은 천천히 외부 세상을 마음으로 받아들이고, 깊은 불안과 무력감을 감당할 수 있는 힘을 얻는다. 프랑스의 소아정신분석가 프랑수아 돌토는 위니코트의 생각을 확장해 강렬하게 표현했다.

"아이들에게는 삶과 죽음을 통제할 수 있는 환상놀이가 필요합니다. 바로 이것이 인간이지요. 뭐라고 분명하게 말로 표현하기는 어렵지만 삶의 신비를 '길들이는' 것과 마찬가지입니다. … 만약에 아이들이 놀지 않는다면 아무런 방어책 없이 세상에 존재하게 되고, 또 서로 죽고 죽이는 무서운 현실을 맞이하게 될 것입니다."[11]

뇌과학자 판크세프는 우리뿐 아니라 모든 포유류의 뇌에 아예 놀이를 위한 회로가 장착되어 있다고 말한다. 그에 따르면 놀이는 창의성과 발견을 촉진하고, 문화를 내면화하면서 정체성을 확립하며, 즐거운 마음으로 움직일 수 있는 안전한 바탕이 된다. 또한 놀이를 할 수 있어야 우리의 신경계가 유연하게 변화할 수 있다고 말한다. "놀이의 와중에 동물은 조금씩 진짜 화, 공포, 분리 불안, 그리고 성욕이 발생하는 지점에 다다른다"는 것이다. 그러니 뽀로로 대장님은 뇌의, 삶의, 문명의 보편적 핵심을 말하고 계신다. 시인 타고르는 이렇게 노래했다.

끝없는 세계의 해변가에서

아이들이 논다.[12]

이 짧은 싯구가 우리의 마음에 이토록 오래 울리는 이유는 아이들이 공부하거나, 시합하거나, 자고 있지 않고, '놀고' 있기 때문이다.

말

원주 살던 시절 토요일 오후에 아들 태우고 놀러가는데, 아내가 뒷좌석에서 문득, 사랑니가 났느냐고 물었다. 뜬금없이 뭔 소리냐, 그냥 문득 생각나서 물어봤다, 몇 년 전부터 조금 썩었다, 그런데 치과 안 가고 있다, 아 나는 그럴 일이 있어 엑스레이를 찍었는데 실제로 사랑니가 나지는 않았는데 보니 저 안에 다 있긴 하더라, 대화는 잠깐 두서없이 흘러갔다.

다음날 새벽에 잠에서 깼는데, 이가 아팠다. 위쪽 사랑니 두 개가 조금 삐져나와서 아래 잇몸을 눌러 그 통증 때문에 깬 거였다. 사랑니 자라는 게 멈춘 지 오 년은 넘은 것 같은데, 갑자기 왜지 싶어 짚어 보니, 사랑니 이야기한 게 화근인 거 같다. 누가 불렀다고 뾰족 나온 것이다. 우리 조상들이 거북이를 부르듯이.

말하기

환자와 그의 어머니와 형이 진료실에 들어온다. 말이 잘 안 통하고 고집을 부린다. 갑자기 형과 어머니가 나를 붙잡고 죽이려고 한다. 이제 죽겠구나, 어쩔 수 없다는 느낌, 다 틀렸다는 느낌이 엄습하는 순간 아, 하고 깨어났다.

깨어나서 꿈이라고 안심하며 그 이미지들을 곱씹을 때는 별로 무섭거나 무겁지 않았다. 얼마 전 일어난 가슴 아프고 끔찍한 일의 반영이라는 것은 금방 알 수 있었다. 하지만 아침에 밥 먹다가 문득 별 생각 없이 아내에게 '악몽을 꾸었어' 하면서 꿈 내용을 말할라치니, 갑작스레 꿈이 누구에게 말하기도 어려운 무게로 변해버렸다. 아무 일 아닌 듯 말머리를 돌리고, 아침을 먹었다. 물리적 파동이 되어 타인에게 가 닿는 말의 무게는 머릿속에서 짐작하기 어렵다.

오(O)

정신분석가 비온은 '물자체 O'에 대한 믿음 F(faith)를 이야기한 적이 있다. 원래 비온의 말이 어렵고 추상적이지만, 이 개념은 처음 접했을 때 특히 더 당황스러웠다. 살아있는 사람을 만나는 자리에 갑자기 물자체라니. 하지만, 비온의 문장을 자세히 음미해보면 이게 또 그렇게 황당한 이야기는 아니다. 비온은 환자의 본질 혹은 존재의 핵심이라고 부를 수 있는 것(O)이 존재하고, 정신분석은 여기에 믿음을 통해 다가가는 과정이라고 선언한다. 비온은 이렇게 썼다.

"O는 사물에 존재하는 절대적 진실을 의미합니다. 누구도 O가 무엇인지 알 수 없습니다. O에 관해서 알 수 있고, 그 존재를 인식하고, 느낄 수도 있지만 O가 무엇인지는 결코 알 수 없습니다. 하지만 O와 하나가 될 수는 있습니다."[13]

풀어써 보자. 비온은 (칸트처럼) 우리가(분석가도 환자도) 결코 O에

다가갈 수 없고, O를 인식할 수도, 볼 수도, 만질 수도 없다고 말한다. 그렇지만 동시에, O가 존재한다는 것은 확실하다고, 아니 정확하게 이야기해서, 이 본질(O)이 존재한다고 믿지 않으면 분석이 성립하지 않는다고 주장한다. 만질 수도 닿을 수도 파악할 수도 없다는 것을 알면서 동시에 그럴 수 있을 거라 믿으라는 것. 이러한 모순적인 인식만이 환자가 자신의 내면을 이해할 수 있도록 돕는 유일한 방식이라는 이야기이다.

이는 이상하게도 먼 길을 돌아 융(C. G. Jung)의 '자기' 개념과 만난다. 융은 완전한 인격, 통합된 인격을 이야기했다. 그는 우리의 모든 꿈과 증상은 고유한 '자기'로 가는 지도이자 안내판이고, 정신분석은 그 지도를 해독하는 작업이라 했다. 그렇지만 왜, 어떻게 해서 그런 완전성이 존재하게 되었는지, 그리고 구체적으로 어떤 기제로 그러한 지도(혹은 안내판이나 암시)가 형성되는지는 말하지 못했다. 그냥 그렇다고 했다. 융 역시, 비온처럼 믿음을 이야기하고 있는 것이다. 완전한 자기가 존재함을 믿고, 내 증상이 거기로 가는 길을 암시한다는 것을 믿으라는 것. 믿어야, 뭔가가 시작될 수 있다는 것(물론 융은 물자체에 닿을 수 있다고 말했고, 그런 의미에서 칸트주의자라 할 수 있는 비온과는 달랐다. 융은 그러니까 신비주의자였다).

비온 공부를 한참 하던 때, 두 돌을 막 지난 아이가 갑자기 노래를 부르기 시작했다. 마치, 그때까지 몇 달 동안 우리 몰래 열심히 속으로 멜로디와 가사를 외우고 음정과 박자를 연습한 것처럼. 손짓 발짓을 하고 뱅글뱅글 돌기도 하며 노래하는 아이를 보면서, 리듬과 음정에 대한 감각은 어떻게 만들어지는지, 멜로디는 그리고 무엇보다 언어는 어떻게 태어나는지 새삼 다시 한 번 궁금해졌다.

그리고 문득 비온이 떠오른 것이다. 결국은 믿음의 문제일 수 있다는 것. 아이가 내 말을 이해할 것이라는 믿음으로 우리는 갓 태어난 아이에게 말을 건다. 아이가 음악을 즐기리라는 믿음으로 시큰둥하게 빽빽 울기나 하는 아이에게 음악을 들려준다. 이해할 수 있는 범위를 압도하고 초과하는 자극들을 통해서 아이는 조금씩 뭔가를 배워나간다. 아이가 이해할 수 있는 말만 하고, 아이가 받아들일 수 있는 단순한 소리만을 들려준다면 아이는 발달할 수 없을지도 모른다. 그러니 발달을 위해 적절한 자극은 항상 과도한 자극이며, 그 근저에는 과학이 아니라 믿음이 놓여 있다는 것. 아이가 이해할 거라는 믿음, 아이가 느낄 거라는 믿음. 즉, O에 대한 F.

꿈

"꿈이 현실을 만들어낸다. … 즉 현실이 되기 위해서, 우리의 일부가 되기 위해서, 우리 존재의 살아있는 일부가 되기 위해서, 사물들은 꿈 작업을 통해서 우리 안으로 들어와야 한다."[14]

정신분석가 비온은 마음의 상식적 위계를 뒤집는다. 현실이 반영된 것이 꿈이 아니라, 우리가 현실을 살기 위해서 세상은 꿈을 통과해서 우리 마음으로 들어와야 한다고 말한다. 곱씹어 봐도 이해하기 어려운 말이다. 그러나 병원을 찾는 많은 사람들이, 자기는 평생 꿈이란 것을 꾸어본 적이 없다고 말하다가, 자신의 내면에 대해서 궁금해 하기 시작하면서 비로소 꿈을 꾸기 시작한다. 소중한 사람과 사별한 많은 사람들이, 그 사람을 꿈에서라도 보기를 애타게 소망하지만, 어느 시기가 지날 때까지 그 사람이 '꿈에도 나타나지 않는' 일을 경험한다. 마음에서 진실로 애도가 이루어지고, 상실을 되돌릴 수 없다는 것을 받아들인 후에야, 떠난 사람이 꿈에 나타나기 시작하는 경우를 자주 만난다.

한 미망인은 떠난 남편에 대한 이야기를 친구들에게 절대로 하지 않았는데, 그러면 정말로 남편이 세상을 떠났다는 사실을 받아들여야 할까 봐 두려웠기 때문이었다. 그녀는 매일 밤 남편을 꿈에서 만나기를 소망하며 잠에 든다고 했지만, 단 한 번도 꿈에 남편이 나타나지 않았다.

정신분석가 멜라니 클라인은 세상을 떠난 아들 꿈을 꾸고 난 후에야 비로소 애도가 시작되었다는 것을 깨달았다.

아버지가 돌아가시고 딱 이십 년이 되던 해에 꿈을 꾸었다. 아프기 전 아버지가 나왔다. 파란 바다와 모래사장이 멀리 펼쳐져 있는데 나는 아버지와 하얗고 고운 모래 위 소파에 앉아 있었다. 사위는 조용하고 아늑했다. 아버지는 영정 사진에서처럼 편안하고 자신 있는 표정이었다. 나는 '아버지… 살아계셔서 이렇게 같이…'라고 말하다가 두 번 오열했다. 입을 다물고 고개를 숙이고 치밀어 오르는 울음에 꺽꺽 울다가 잠에서 깼다. 꿈속에서 울었는지 정말 울었는지 구분이 되지 않았다. 아버지가 돌아가시고, 이때 처음 울었다. 비로소 울 수 있었다.

꿈, 두 번째

스무 살 때, 고등학교 동창이 세상을 떠나고 몇 달 우울에 시달렸다. 모텔로 가득한 전철역 뒷골목의 작은 하숙방에 살던 시절이다. 방이 좁고 긴 모양이라 신발 벗고 올라와 이불에 드러누우면, 우울하던 마음에 꼭 관 같다 생각하곤 했다. 그렇게 똑같이 무겁던 어느 날 꿈을 꾸었다.

난 70년대식 단층집이 모여 있는 골목길을 걷고 있었다. 낯선 길이었으나 왠지 내가 잊은 고향 같다는 느낌이 있었다. 초입에 호떡집이 있었다. 호떡 하나를 먹으려고 리어카 앞에 서 있으니, '도망쳐, 도망쳐!'라는 큰 소리가 머릿속에서 들렸다. 순간, 호벽에 불이 붙어 불꽃들이 꽃다발처럼 뭉치며 골목길에 퍼졌다. 놀라서 골목 안으로 뛰어들어 갔다. 한참 뛰다가 문득 파란색 대문을 만났다. 한 남자가 대문 문턱에 목을 걸치고 머리를 길 쪽으로 향한 채 엎드려 있었다. 당황하고 궁금한 심정으로 바라보고 있으니 남자의 머리가 반으로 갈라지면서 까마귀만 한 검은 새가 나왔다. 새가 반으로, 고무공 칼로 찢듯 갈라지며 녹색 새가 나왔다. 녹색 새 안에서 다시 참새만 한 새하얀 새가 나와 하늘로 날아올랐다.

꿈의 원형적 상징에 대해서 말하는 융을 공부하기 한참 전이었다. 이상하게 생생한 꿈을 며칠 동안 곱씹으면서, 마음 밑바닥에 맑은 물이 조금 흐르는 것 같은, 기쁨이나 희망까지는 아닌데, 그 전조 같은 막연한 감정을 느꼈다. 이 상징들이 '희망'을 의미할 수 있다는 것을 지식으로 이해하기 전에, 미묘한 방식으로 꿈은 내가 천천히 바닥에서 올라올 수 있도록 도와주었다.

현대 뇌과학 연구를 통해 우리는 이제 꿈이 감정이 배어 있는 기억을 강화하고, 과잉들을 처리함으로써 마음의 균형을 이루어내는 역할을 한다는 것을 알게 되었다. 꿈속에서 경험하는 강력한 감정들은 우리의 감정적 삶을 조절하는 기능을 수행한다. 하지만 내가 경험한 것과 같은, 희망의 전조가 되는 꿈들, 의식이 알지 못하는 세계를 보여주고, 의식이 도달하지 못한 감정을 펼쳐내는 꿈이 어디에서 만들어지는지, 우리는 아직 알지 못한다. 하지만 나는 융처럼, 내가 만난 많은 분들처럼, 삶 속의 몇 차례 경험으로부터 이런 꿈이 있다는 것을 알고 믿는다. 이럴 때 아는 것과 믿는 것은 서로를 강화시킨다.

꿈, 세 번째

아주 오래전 장자(莊子)가 우리를 나비의 꿈속에 밀어넣어 버린 후, 누구도 여기서 빠져나오는 데 성공한 적이 없다. 우리는 꿈이 시작되는 지점을 의식하지 못한다. 삶의 시작을 기억하지 못하듯 말이다. 베레나 카스트 말대로 "꿈에서 깨어난 후에야 꿈은 비로소 꿈이 되는" 것인데, 과연 깨어난 그곳이 꿈인지 현실인지 누가 알 수 있으랴?(영화 〈인셉션〉처럼 우리는 꿈에서 꿈속으로 깨어나곤 한다. 자 여기가 다음 꿈인가 현실인가?) 그래서 사람들은 장자를 반박하기는커녕 거기 힘을 싣는 문장만 자꾸 보태고 있다. 장자와 비슷한 시기에 살았던 그리스 서정시인 핀다로스는 "덧없는 존재들이여! 우리 모두가 그렇지 않은가? 인간은 한낱 그림자의 꿈이다"라고 말했다. 하지만 무엇보다 가장 마음에 와 닿는 문장은 셰익스피어의 것이다.

우리는 꿈과 동일한 물질로 되어 있고

우리의 하찮은 인생도 잠으로 둘러싸여 있구나.[15]

그래서 아르헨티나 소설가 아돌포 이오이 카사레스는 소설『모렐의 발명』에서 잠에서 깨는 일과 죽는 일을 너무도 당연하다는 듯 동격으로 취급한다.

"사람은 잠을 깨거나 죽으면 꿈속의 공포나 세상에 대한 걱정 또는 인생에 대한 강박관념에서 천천히 벗어난다."

그렇다면 우리는 죽으면 어디로 깨어나게 될까? 그곳 역시 꿈이 아니라는 것을 어떻게 알 수 있을까? 우리 모두의 삶이 꿈과 같다면 이왕이면 깨어나서 이렇게 말할 수 있길.

"아, 나는, 일찍이 사람의 귀는 보지 못했고, 사람의 눈은 들어보지 못했으며 사람의 손은 맛보지 못했고 사람의 혀는 생각지 못했으며 사람의 가슴으로는 전하지 못할 꿈을 꾸었구나."[16]

언어

프로이트에게 언어는 정신의 고차원적 요소이자 치료 수단이었다.
프로이트는 우리가 알 수 없는 시커멓고 깊은 무의식을 의식이 누
르고 있다고 보았고 언어라는 무기로 무의식의 어둠을 퇴치하는 것
이 치료라고 생각했다. 하지만 자크 라캉은 언어에 대한 시각을 완
전히 뒤집어 버렸다. 그는 언어가 어두운 무의식에 불을 밝히는 것
이 아니라, 오히려 우리의 무의식 자체를 이룬다고 주장했다. 말은
인간이 만든 세상 것이지만, 어느 순간 인간을 품어 버리며, 우리가
인식하는 세계 자체의 한계가 된다는 것이다.

"말 외부에는 어떠한 사랑노 없다. 말하지 않는 존재는 사랑하지
않는다. 라 로슈푸코의 말처럼, 사람들은 사랑에 대해서 말하지 않
는다면 사랑을 하지 않는다."[17]

라캉식으로 말하면 우리는 언어 속으로 태어나지만, 어느 순간

언어를 삼켜 마음을 얻는다. 언어는 그래서 추상이지만, 세계를 규정한다.

동시에 정반대의 극에서 어떤 때 언어는 의미를 지닌 상징이기 이전에 무게와 부피가 있는 실제 사물처럼 다가온다. 그래서 물리적 힘을 우리에게 행사하는 것처럼 느껴지기도 한다. 의미가 만들어지기도 전에 아이들이 쥐고 깨물고 노는 딸랑이처럼, 반짝이는 구슬처럼, 혹은 끈적하고 달콤한 설탕처럼 우리의 감각 자체를 건드리는 것이다. 라블레의 참으로 감각적인 묘사를 보라.

"받게, 받으라구! (팡타그뤼엘이 말했다.) 여기 아직 녹지 않은 말을 보게나. 그리고 나서 그는 양손 가득히 여러 색깔의 진주 모양의 당과 같이 보이는 얼어붙은 말들을 상갑판 위에 집어던졌다. 우리는 거기서 난폭하고 상스러운 말들과 초록색, 하늘색, 모래색, 금색 말들을 보았다. 그 말들은 우리 손 안에서 약간 데우면 눈처럼 녹아버렸고 정말로 그 소리를 들을 수 있었지만 그 뜻은 이해할 수 없었다."[18]

모든 말은 그래서 의미의 영역과 감각의 영역을 모두 지니고 있으며, 감각의 영역으로 다가갈 때 시(詩)를 만난다. 나아가 언어와 음악 사이에서 노래는 마음의 가장 깊은 곳을 건드린다.

언어, 두 번째

아이가 '엄마, 아빠' 한두 마디 말을 시작하는 것은 겨우 돌 즈음이
다. 그리고 두세 살은 되어야 비로소 더듬더듬 언어로 세상과 소통
하기 시작한다.

하지만 아동정신분석가 멜라니 클라인은 막 돌이 된 아이에게
직설적인 해석("네가 자꾸 상자 속을 뒤지는 이유는 엄마 몸 속이 궁금해서
일 거야")을 던지면서 아이의 무의식적 불안을 변화시키는 것이 가
능하다고 주장했다. 프로이트가 제창한 '이야기 치료'의 극단적인
형태였다. 프랑수아 돌토는 더 나아가 갓 태어난, 언어를 알지 못하
는 것이 너무도 낭연한 아기에게도 꼭 이름을 부르고, 자기를 소개
하고, 말을 건넸다. 그는 『도미니크 이야기』에서 "아직 말을 하지 못
하는 아기의 생존 자체가 자신의 말의 표현"이라고 전제하면서 젖
을 먹지 않던 2주 된 아이에게 말을 걸어 아이를 다시 삶으로 되돌

려 놓았던 에피소드를 말한다.

라캉주의 분석가 카트린 마틀랭은 『라깡과 아동정신분석』에서 태어난 후 십오 분 이상 잠들지 못하고 끊임없이 울고 보채던 삼 개월 된 아기의 사례를 소개한다. 마틀랭은 아기에게 이름을 부르며 말을 걸고, 부모의 가족사와 역동에 대해 명료하게 — 당연하게도 말로 — 설명하는데, 아기는 바로 그 자리에서 처음으로 한 시간이 넘도록 깊은 잠을 잔다.

"아직까지 언어를 습득하지 못한 인간이 어떻게 이해할 수 있는 가? 그 문제에 관해 말하자면, 예컨대 우리는 어떤 단어들이 어떻게 성인에게서 고통과 심장발작과 같은 사건을 발생시키는지 알지 못한다. 비록 언어가 인간의 생태에 어떻게 영향을 미치는지 우리가 배우게 되었지만 말이다."[19]

산부인과 병동에서 일하는 정신분석가 미리암 슈제이는 『아기에게 말걸기』에서 갓 태어난 아기와 대화를 하면서 아기의 생리적 문제들 배후의 가족 역동을 이해하고 변화시키는 작업을 보여준다. 슈제이는 갓 태어난 아기에게 엄마의 슬픔과 아빠의 불안에 대해서 이야기한다. 이야기를 듣고 아기는 며칠 동안 계속되던 울음을 멈춘다.

아직은 단어의 의미와 언어의 문법과 맥락을 절대로 이해할 수 없을 것 같은 갓난아기들에게 언어를 통한 변화는 어떻게 일어나는 것일까? 정말로 아기들은 우리가 아직은 알지 못하는 어떤 기전을 통해 말을 '이해'하는 것일까? 아니면 제삼자의 공감이 담긴 목소리가 아이의 마음에 어떤 촉각적이거나 음악적인 위안을 주는 것일까? 설마 하면서도 내 마음은 자꾸 말의 힘을 믿고 싶어 한다. 어릴 때 말을 잃은 적이 있는 소설가 파스칼 키냐르는 평생 언어와 침묵 그리고 음악에 대해서 천착했다. 그는 이렇게 쓴다.

"어머니가 어린애에게 말을 하는 동안, 의미를 띠는 것은 아직 아무것도 없다. 단지 감각기관과 감정만이 소통할 뿐이지만, 그럼에도 언어는 어떤 공간을 개척한다."[20]

언어, 세 번째

큰아들이 18개월쯤 되었을 때 일이다. 어머니를 모시고 경포대에 갔는데, 오랜만에 강원도에 놀러온 동생이 배를 타고 싶다고 해서 아들을 안고 모터보트를 탔다. 배를 가리키며 "배 타볼래?" 했더니 재미있을 것 같았는지 끄덕끄덕 했다.

모래사장에서 출발한 보트는 빠른 속도로 바다 한가운데로 나아 가더니 일부러 파도를 몇 개 타 넘으며 공중에 훌쩍 뛰어올랐다가 바다로 털썩 떨어졌고, 그때마다 짭짤한 바닷물이 배 안으로 비처럼 쏟아져 들어왔다. 속도도 상당히 빠르고 많이 출렁대는데도 울지 않기에 대견해하며 꼬옥 안고 있다가 보트가 멈추자 들여다봤더니 많이 놀란 모양이다. 완전히 얼어서 울지도 웃지도 않고 뚱한 표정으로 앉아만 있다. 보트에서 내려놓아도 모래사장에 한참을 멍하게 가만 서 있다. "그래 재밌었니?" 물어보니 아무 대답이 없다. "무서웠어?" 아무 대답이 없다. 한 오 분쯤 지나니까 긴장을 좀 푸는 것 같기에, 다시 "무서웠니?" 물어보니 기어들어가는 작은 목소리로 "응" 한다.

그 후로 가끔씩 배 탄 일 물어보면 입을 다물고는 무서웠냐는 질문에만 조용히 "응" 하더니, 어느 날 차를 타고 어디 가는데 엄마 품에 안겨서는 '아빠 차는 안 무서워, 배는 무서웠어' 혼잣말을 했다. 그리고 미끄럼틀을 타면 '미끄럼틀은 안 무서워', 자전거를 타면 '자전거는 안 무서워, 배는 무서웠어' 이렇게 혼자 무섭다는 이야기를 많이 한다.

문득 아이 마음속에서 '무섭다'는 단어는 어떤 느낌일까? 궁금했다. 마구 불어대는 바람과 휘청휘청하는 배와 시끄러운 모터 소리와 덜컹덜컹 떨리는 진동(아이는 손을 쥐었다 폈다 하며 '덜그덩 덜그덩' 했다고 한다)과 연결되어 있을까? 마치 나에게 무섭다는 느낌이 컴컴한 밤에 초록색 대문 옆에 서 있는, 풍성한 치마 속에 꼬리를 아홉 개 감추고 있는 잔인한 인상의 할머니와 연결되어 있듯이? 우리 모두는 무섭다고 말할 때 어떤 기억이나 감촉과 닿아 있을까? 이 단순한 단어에 서로 다른 내밀한 감각과 감정과 기억이 연결되어 있을 터인데, 우리는 어떻게 이토록 수월하게 서로 의사소통할 수 있을까?

'무섭다'는 단어가 없다면, 내가 '무섭니?' 하고 물어봐주지 않았다면 아들의 경험은 마음속에서 어떻게 변했을까? 배에서 내려 오 분쯤 지나 휘몰아치는 감각과 감정이 조금 잔잔해지고 난 다음에야 아이는 무섭다는 표현을 할 수 있었고, 내면의 느낌을 단어와 연결시킬 수 있었다. 경험을 단어에 연결시키는 일을 통해서 저 감당할 수 없는 사태가 감당할 수 있는 무엇인가로 변했던 것은 아닐까?

'무섭다'라고 말을 했기에 비로소 경험이 조절할 수 있고 정신의 공간에 담을 수 있는 감당할 만한 무언가로 바뀌었던 것은 아닐까? 그래서 아이는 자꾸 '무서워', '안 무서워'를 반복해서 이야기하는 건 아닐까? 이것이 바로 비온이 '베타요소에서 알파요소로의 전환'이라는 표현을 통해 드러내고 싶어 했던, 경험이 인간의 내면에 들어와 담기는 미묘한 과정은 아닐까? 위산이 음식을 녹여 소화할 수 있는 성분으로 만들어주듯, 말은 세계를 녹여 이해할 수 있는 상태로 변형시킨다.

비유

좋은 비유를 좋아한다. 이성복 시인을 지금까지도 마음으로 존경하는 이유는 존재 자체를 새로운 차원으로 옮겨놓는 일상적 비유를 가장 잘 구사하기 때문이다. 대학생 시절 한참 마음이 무거울 때는 시인의 초기 시집 『뒹구는 돌은 언제 잠깨는가』를 수십 번 읽었다. 사소한 일상에서 삶의 슬픔을 상처 헤집듯, 혹은 상처에 빨간 약 바르듯 드러내는 비유에 깊이 위로받았다. 얼마 전에는 사진 에세이 『타오르는 물』에서 삶의 고통에 대해서 "거대한 비석을 떠받치고 있는 돌거북의 괴로움 같은 것으로, 본디 한 덩어리 돌일 뿐 누르는 섯노, 눌리는 것도 따로 없다"라고 쓴 문장을 읽었는데, 십 년 전 처음 접할 때는 심드렁했던 문장이 왜 이렇게 마음에 밟히는지 모르겠다.

시인은 은유 자체에 대해서도 너무도 절묘한 비유로 말한다. "모든 형체는 은유의 조명을 받아 의미를 갖게 되며, 그렇지 않다면 아무도 모르는 숲 속에서 저 혼자 쓰러지는 나무와 같을 것이다."[21]

서양에서야 비유라고 하면 셰익스피어를 빼놓을 수가 없다. 뇌과학자 라마찬드란은 인간이 얼마나 창의적일 수 있는가 이야기하면서 셰익스피어를 인용하는데, 라마찬드란에게 정신의 독창성은 비유의 독창성이었다.

마치 순금에다 금을 도금하고,
백합꽃에 그림칠을 하고,
제비꽃에 향수를 뿌리고,
얼음을 매끄럽게 다시 깎고,
일곱 가지 색의 무지개에 다른 색 하나를 보태며,
아름다운 태양에 작은 촛불의 빛을 첨부하는 것과 같아서[22]

쓸데없이 과도한 행동에 대해서 이보다 더 설득력 있고 우아하게 표현할 수 있을까? 하지만 한편으로 비유를 경계했던 적도 있었다. 상황을 자신이 원하는 쪽으로 왜곡하기 위해 비유들이 너무도 쉽게 정치적으로 사용되는 것을 보면서 사건의 중핵에 도달하는 수학 방정식에 가까운 문장을 어떻게 쓸 수 있을까 혼자 상상도 했다. 하지만 라캉의 말대로 은유와 환유라는 문학적 형식이 우리 무의식의 구조 그 자체라면? 그리고 비유 자체가 사유를 가능하게 하는 전제라면?

언어학자이자 인지과학자인 레이코프는『몸의 철학』이라는 방대한 저서에서 비유가 인간의 사고과정과 어떤 관계를 맺고 있는지에 대한 파격적인 주장을 펼쳤다. 그는 형이상학이라는 기획 자체가 은유들에 의해 정의된다고 말한다. 그 이유는 우리 뇌가 결국 운동을 위한 기관이며, 몸을 움직이는 바로 그 신경 기제가 생각하는 일도 담당하기 때문이다. '위/아래'라는 물리적 공간에 대한 은유 없이 우리가 천국과 지옥에 대해서 사고할 수 있을까? 또한 감각적 은유 없이 우리가 마음을 표현하고 이해할 수 있을까? 마음은 납덩이처럼 무겁게 가라앉거나 공기처럼 가벼워지고, 사랑은 불처럼 뜨겁거나 얼음처럼 차갑고, 성격은 비단처럼 부드럽거나 사포처럼 까칠하고, 기분은 새처럼 날아오르거나 돌멩이처럼 추락한다. 레이코프식으로 보면 움직임과 공간에 대한 비유 없이는 철학도 심리학도 불가능한 것이다. 레이코프는 아예 추상적 개념은 은유 없이는 완전하지 않다고 주장한다. 그리고 한 걸음 더 나아가 새로운 은유는 새로운 이해를 창조하고, 따라서 새로운 실재를 창조할 수 있다고 말한다. 실재의 잔여물이 아니라, 실재를 만드는 힘을 지닌 은유.

또한 물리학자이자 인지과학자이고 심리학 교수이기도 한 더글러스 호프스태터는『사고의 본질』이라는 두꺼운 책에서 사고 과정 자체가 은유를 통해서 이루어진다는 주장을 우리가 일상에서 쓰는 말들에서 시작해서 치밀하게 논증했다. 호프스태터는 비유를 비난한 대표적 예로 토머스 홉스의『리바이어던』을 인용하는데, 홉스는 "비유 그리고 분별없고 모호한 단어는 도깨비불과 같으며, 그것을 이용한 추론은 수없는 부조리 속에서 헤매는 일이다"라고 썼다. 그런데 재미있게도 홉스 자신도 비유를 비판하기 위해서 비유를 쓰고 있다. 비유가 어떻게 도깨비불 '같으며', 또 추론이라는 것이 어떻게 사람처럼 길을 헤멘다는 말인가! 비유 없이는 사유을 진행하는 것 자체가 불가능한 것이다. 그래서 니체는 진리란 "유동적인 한 무리의 비유"라고 했다.

사실 은유가 지닌 엄청난 힘은 이미 수백 년, 어쩌면 수천 년 전부터 시인들이 알고 있었던 일이다. 인류 최초의 문학 중 하나인 『일리아스』에서 호메로스의 천재성은 펄펄 살아 숨 쉬는 은유에서 가장 환하게 빛난다(예를 들어 호메로스는 참전하는 헥토르를 이렇게 묘사한다. "그러자 영광스런 헥토르가 뛰어들었다/ 빨리 지나가는 밤과 같은 얼굴을 하고"). 고전문헌학자 브루노 스넬은 『정신의 발견』에서 호메로스의 언어를 꼼꼼하게 분석하면서 서구적 정신(뿐 아니라 육체와 신)이 그 은유 속에서 어떻게 탄생하는지 살핀다. 스넬은 서문에서 이렇게 쓴다. "우리는 은유 이외에 어떤 방법으로도 정신에 대하여 논할 수 없다."[23]

현실감각

구미호 이야기를 처음 들은 것은 초등학교 삼학년 개학식 날이었는데, 나름 조숙하고 똑똑하기로는 둘째가라면 서러웠던 나는 당연하게도 처음에는 그 말을 믿지 않았다. 그런데 서너 명의 친구가 서로 입을 맞춘 듯이 진짜라고 정말로 어제 그 뉴스를 봤다고 하는데, 조금씩 마음이 흔들리기 시작했다.

게다가 그때 우리집 흑백 티브이는 MBC, KBS, EBS는 나오는데, KBS2는 나오지 않던 물건이었고, 요새처럼 인터넷이 있지도 않아서 도대체 확인할 방법이 없었다.

그날부터 천천히 구미호에 대한 공포가 내 마음 속에서 자라기 시작했다. 얼마 전 이 사건에 대한 이야기를 하다가 문득 놀랐던 것은, 아직도 내가 그 자정 뉴스 소식을 마음속 깊이 사실로 믿어왔다는 것이다. 그래서 나이 마흔다섯에 글을 쓰면서 문득, 아 그게 말짱

한 거짓말일 수 있겠구나 하는 생각을 정말로 삼십오 년 만에 처음으로 했다. 그러면서 비로소 마음 한 구석에 미묘하게 그늘처럼 드리워 있던 두려움이 조금 씻겨 내려가는 느낌이 들었다.

두려움이 우리의 현실 판단력을 얼마나 깊이 손상시키는지, 특히 어린 시절의 강렬했던 기억은 우리 마음속에 얼마나 단단하게 자리 잡고 있는지 새삼 느꼈다.

그리고 그만큼 더 황당하고 무서운 것은, 그런 깨달음을 얻은 지 며칠 지나지 않아 이상하게 그날 그 두려움의 그림자가 다시 제 자리로 돌아온 것만 같아, 당연하게도 자정에 그런 뉴스가 공중파 티브이에 나왔을 리가 추호도 없지만, 이미 내 마음의 일부는 그것을 역사적 사실로 받아들이고 있다는 것이다. 여전히 구미호는 무섭다. 내 삶에서 그 사건은 이미 일어나 버렸다.

정신분석

정신을 분석한다는 말 그대로의 의미에서 정신분석은 오랫동안 다양한 이유로 비난 받아왔고, 여러 가지 의미에서 이는 마땅하다. 프로이트는 무고한 사람을 변태 성욕자로 만든다고 추궁당했는데, 비난의 더 깊은 뿌리는 당사자보다 분석가가 그 마음속을 더 잘 안다고 주장하는 것처럼 보이는 데 있었다.

칼 포퍼는 고전 『열린사회와 그 적들』에서 마르크스와 프로이트를 한데 묶으면서 반증 불가능성이라는 근본적 문제가 이 두 사람의 이론을 폭력적으로 만든다고 비판했다. 누가 프로이트에게 틀렸다고 하면 '그건 네가 무의식을 억압하고 있어서야'라고 대답해주면 된다. 누가 마르크스에게 틀렸다고 말하면, 마르크스는 '그건 네가 부르주아이기 때문이야'라고 대답할 것이다. 이론 자체가 이론에 대한 반증을 차단하고 있는 것이다. 포퍼가 보기에 이런 폐쇄성 때문에 프로이트 이론은 과학이 아니라 원시적 신화나 점성술에 가까운 것이었다.

하지만 포퍼가 비난하기 이전에 프로이트는 이미 문제를 잘 알고 있었다. 그는 만년에 쓴 논문에서 이렇게 말한다.

"어떤 학자가 … 한번은 우리의 분석 기법에 대해 불공평할 뿐아니라 모욕적이기도 한 발언을 한 적이 있다. 그는 환자에게 우리의 해석을 내놓을 때 우리가 악명 높은 원칙—즉 앞면이 나오면 내가 이기고 뒷면이 나오면 네가 진다—에 따라 처신한다고 말했다. 무슨 말인가 하면, 만약 환자가 우리의 해석에 동의하면 우리의 해석이 당연히 맞는 것이고 만약 환자가 이의를 제기한다면 그것은 그의 저항의 징후일 뿐이므로 이번에도 우리의 해석이 맞다는 얘기다. 이런 식으로 해서 … 우리는 항상 옳을 수 있다는 얘기다."[24]

그러면서, 분석가는 그냥 우기는 것이 아니고, 해석에 대한 환자의 반응을 보고 해석이 옳은지 아닌지 확인할 수 있다고 해명했다. 분석이 분석가의 일방적 논리로 진행되는 것이 아니라, 환자와의 상호작용 속에서 검증 가능하다는 것이다. 그의 항변은 여러모로 타당하지만, 마음의 집에 누가 무단침입한 것 같은 불쾌감은 여전히 정신분석의 중요한 문제로 남아 있다.

융은 이미 1931년에 "환자에게는 그가 항상 이해받는 것만큼 해로운 것은 없다"[25]고 말했고, 위니코트는 1950년 즈음에 "우리는 비밀스럽게 고립되고자 하는 욕구를 갖고 있는 개인에게 위협을 가하며, 인간의 성격 깊은 곳을 뚫고 들어가는 정신분석을 사람들이 왜 증오하는지를 이해할 수 있다"[26]고 썼다.

정신분석뿐 아니라 심리상담이나 정신과 진료와 같은 상황에서 사람들이 느끼는 두려움과 불쾌감은 여전히 이 문제에 닿아 있다. 저 사람이 내 마음을 제멋대로 재단해 버리지는 않을까 하는 두려움, 마음 깊은 곳에 나만의 것으로 간직해온 것에 타인이 함부로 손을 대는 건 아닐까 하는 걱정들. 내가 알지 못하는 나를 상대가 너무 쉽게 알겠다고 할 때 느낄 수밖에 없는 수치심.

정신과의사로 일하면서 점점 더 헤집지 않고, 침입하지 않고, 유도하지 않는 방식의 대화에 대해서 생각하게 된다. 아는 척하지 않고, 모른다고 은근히 비난하거나 무시하지 않고, 스스로 생각하고 느끼도록 돕는 변화의 방식은 어떻게 가능할까? 라캉은 정신분석가가 '안다고 가정되는 주체'라고 말했다. 하지만 '모르지만 함께 알려고 노력하는 공동주체'가 될 수 있는 방법은 무엇일까?

인용

글을 쓰다 보면 인용을 많이 한다. 인용이 습관이고 취미라고 말할 수 있을 정도다(이 책도 그렇다). 내 생각을 풀어가다 보면 그게 사실 남의 생각에서 온 것이 대부분이기 때문에 출처를 밝히지 않을 수 없다. 또 인용으로 다른 사람의 목소리가 담기면, 지루한 독창이 이중창이 되고 풍성한 합창이 되는 것 같아서 좋다. 그래서 감사하는 마음을 표현하기 위해, 맥락을 풍성하게 만들고 싶어서(그리고 책 많이 읽은 티내고 싶어서) 인용을 한다.

너무도 마음에 쏙쏙 와닿아 언젠가 인용해야지 싶어 수십 개의 문장을 옮겨놓은 적이 있는 『수상록』에서 몽테뉴는 "나는 이 책 저 책, 내 마음에 드는 문장을 도둑질해 다니며, 그것을 담아둘 곳도 없어서, 내게 저장해 두지 못하고 여기다 옮겨놓는 것이다"라고 말한다. 과연 몽테뉴는 고전 학자들을 아주 많이 인용하는데, 감칠맛 나는 양념처럼 글을 더 생생하게 만들어준다. 몽테뉴는 이어서 이렇게 쓴다. "우리는 불이 필요해서 이웃집에 불을 얻으러 가서는, 거기서 따뜻하게 피어오르는 불을 보고 멈춰서 쬐다가 얻어 온다는 것을 잊어버리는 자와 같다."

몽테뉴의 참으로 온아한 비유처럼, 고유한 내 생각이라는 것이 과연 어디 있을까. 어디선가 스며든 타인의 삶들이 내 안에서 울려 나오는 것일 뿐.

이러한 과정은 비단 독서뿐 아니라, 타인과의 만남에서도 일어나는 것 같다. 스무 살 때 휴학을 하고 도올 김용옥 선생의 주역강의를 들은 적이 있다. 그때 철학과 다니던 동갑 친구를 만났는데, 그 친구는 이야기하다가 상대가 옳은 것 같으면 아주 시원한 미소를 지으며 "네가 옳다!"고 선언하곤 했다(특히 여자 친구랑 싸울 때 그랬다. 그 여자 친구가 참 예뻤다. 그때 난 아무도 사귀어본 적이 없어서 여자 친구랑 싸우는 그 모습도 부러웠다). 몇 달 그 친구와 어울리고는 나도 몰래 그 말을 따라하는 습관이 생겼다.

그런데 신기한 건, 그냥 따라하는 것뿐인데 상대에게 논박당했다는 약간의 억울함과 불쾌함까지 시원하게 날아가는 기분이 절로 스며드는 것이었다. 그 문장을 배운 후로 내가 조금은 더 쿨한 사람이 된 느낌이 들었다. 어떤 의미에서 난 전과는 분명하게 조금 다른 사람이 되었다.

존 버거는 "우리네 삶 속으로 스며드는 생의 수는 헤아릴 수 없다"[27]라고 썼다. 우리가 우리 영혼에 끌어 모은 사람은 얼마나 많을까? 그 생각을 하면, 한 사람 한 사람이 세상을 떠날 때 그 삶에 스며 있을 수백 수천의 흔적이 함께 사라지는 것이 너무도 안타깝다. 그리고 한 명 한 명의 삶이 너무도 숭고하게 느껴지기까지 한다. 마치 작은 가지 속에 전체 나무의 모양이 담긴 프랙털처럼, 우리 한 명 한 명의 영혼에는 수천의 마음이 새겨져 있는 것이 아닐까. 그러니 인용은 내 삶에 스며든 헤아릴 수 없이 많은 생들에 대한 헌사이다.

문체

아도르노는 『미니마 모랄리아』에서 "자신을 드러내려는 모든 지성에는 허영의 계기가 필연적으로 들어 있다"라고 썼다. 또 카를 크라우스는 "왜 많은 사람들은 글을 쓰는가? 글을 쓰지 않을 만한 인품을 갖추지 않았기 때문이다"라고 말했다. 겸손이라는 가치가 자신이 잘났다는 의식을 수반하듯이, 너는 모른다는 말조차 내가 모른다는 사실을 알고 있다는 자랑스러움이 배어 있듯이, 모든 책은 은근하거나 노골적인 허영이 담겨있기 마련이다.

하지만 2018년에 너무도 이르게 세상을 떠난 고(故) 허수경 시인의 『길모퉁이 중국식당』이란 산문집은 달랐다. 시인의 시를 항상 좋아했기에 산문집이 나왔다는 이야기를 듣고 별 생각 없이 책을 접했는데, 읽고 나서 이상하게 잊히지 않고 자꾸 생각이 나서 몇 번을 반복해서 읽었다. 이 책에서 허수경의 문장은 그 누구도 다치게 하지 않고, 어떤 생각도 딱딱하게 내세우지 않는다. 비판을 통해 주장하지 않고, 은근한 소외나 폄하를 전제로 하는 웃음도 없다. 시인은 삶의 그늘에 고요하게 존재하는 사물과, 여린 피부로 세상 속에서 생채기 나면서 묵묵히 살아가는 생명들 곁에 앉아 같이 흔들리는 풀 같은 문장을 가만히 내려놓는다. 이해하는 것이 있으면 기뻐하지만, 알기 위해 파헤치지 않는다. 잘 모르겠으면 잘 모르겠다고 말한다. 따듯하고 소박하고 섬세한 마음자리가 마음에 와 닿아 쓸데없이 아는 척 날카로운 척 심오한 척 하는 내가 부끄러웠다.

좋은 산문이란 무엇일까. 요점도 결론도 깨달음도 없는, 문장 하나하나가 풀처럼 그냥 거기 있는, 심심하고 조용한 문장에 대해서 가끔 생각해본다.

군림하지 않고, 침입하지 않고, 상처 주지 않는 문체에 어떻게 도달할 것인가. 이 책은 그 고민에 대한 실패한 기록이다.

아마추어

언젠가부터 아마추어가 되기를 원했다. 이상한 말이다. 전문가는 노력이 필요하지만, 아마추어는 그냥 가만히 있으면 자동으로 되는 것 아닌가? 하지만 롤랑 바르트에게 '아마추어'가 되는 일은 중대한 실존적 결단에 속했다. 그는 『롤랑 바르트가 쓴 롤랑 바르트』의 '아마추어'라는 단락에서 피아노를 치는 일에 대해서 말했다. 바르트는 피아노의 운지법—특정 음을 누르는 데는 몇 번 손가락을 쓰는 것이 좋다는 지시—에 대해서 쓰면서 자기는 그 운지법을 따르지 않고 매번 손가락 위치를 즉석에서 제멋대로 만들어낸다고 말한다.

"그 이유는 명백한데, 왜냐하면 훈련은 즐김을 방해하므로 분명히 나는 즉각적인 음의 즐김을 탐내어 권태로운 훈련을 거절하기 때문이다. 정말 흔히들 말하는 것처럼 장래의 한층 더 큰 즐김 때문에, 눈앞의 즐김이 방해받는다."

이렇게 바르트는 현재를 보호하기 위해 스스로 아마추어가 되는 것을 선택한다. 같은 음을 기계적으로 반복학습하여 숙련된 연주를 성취하는 대신, 매번 새로운 손가락으로 건반을 새롭게 누르며 음이 피어나는 기쁨을 즐기는 것이다. 그러니까 현재의 시간을 갈아넣어 미래의 성취를 얻으려고 하는 대신, 바르트는 매번 새롭게 태어나는 현재를 보듬는다.

무언가를 급히 배우려 할 때, 빨리 뭔가를 이루고 싶어 초조해질 때, 다음에 볼 책이 궁금해서 지금 이 책은 대충 훑어 치워버리고 싶을 때, 그래서 나도 모르게 현재를 잃고 미래의 시간에 골몰할 때, '아마추어'라는 이 단어가 주문처럼 나를 현재에서 떠나지 않게 지켜준다. 물론, 매번 효과가 있는 것은 아니지만.

음악

전에는 음악이 이야기 같았다. 저자가 있고, 주제가 있고, 기승전결이 있고, 좋은 문체와 나쁜 문체가 있으며, 심오한 내러티브와 뻔한 내러티브가 있었다. 긴 이야기의 구조를 분석하고 그 주제의 미묘한 전개를 이해하는 것이 재미있었다. 독자적인 문체의 작가를 추앙히면서 그 작가의 모든 이야기를 다 독파하는 목표를 가지기도 했다.

점점 더 크고 웅장하고 장대한 음악보다는 짧고 단순하고 낯선 음악들이 좋다. 같은 음악을 수십 번 여러 명의 연주자로 들어서 그 주제의 전개와 흐름과 해석을 파악하고 이해하는 것보다, 방구석 어둠 속에서 폭죽처럼 터졌다 스러지는 소리의 감각을 순간적으로 즐기거나, 아니면 목소리와 악기의 질감을 촉각적으로 감지하는 것이 더 즐겁다. 아니면 초등학교 중학교 때 들었던 이문세, 박학기,

유재하의 노래를 틀어놓거나, 뜬금없이 심수봉, 김광석, 양희은의 목소리를 조용히 듣는다.

음악은 보이지 않고 순식간에 스러진다. 교향곡 한 곡이 아니라, 멜로디 몇 마디, 화음 몇 개, 몇 조각의 떨림을 맛본다. 한 음에서 다른 음으로 움직일 때 그 그늘진 공간을 짚는다. 손가락으로 얼굴 누르듯, 혀 위에 설탕가루 올려놓듯. 부은 얼굴 꾹 누르면 천천히 흔적이 사라지듯, 음악의 흔적은 그렇게 공기 속으로 사라진다. 음악은 나랑 상관없이 저만치서 저만의 세계 속을 흘러가고, 나는 거기 잠깐 귀를 담갔다가 금방 뺀다. 귓속에 남아 동글동글 굴러다니는 방울들을 짝발로 뛰어 빼낸다.

음악, 두 번째

이제 내게 음악은 촉각적이다. 음악은 만진다. 쓰다듬고 누르고 찌르고 긁는다. 스쳐 지나가거나 자국을 남긴다. 보들보들하기도 하고 까칠까칠할 때도 있다. 촉각은 비인칭적이다. 주체가 없고, 손으로 얼굴을 문지를 때 그렇듯, 나의 촉각과 너의 촉각이 한 평면에 뒤섞어 피아를 구별할 수도 없다. 순간이고 현재라서 과거도 미래도 없다.

이야기를 이해하는 능력은 언어를 습득한 이후에 생긴다. 가장 정교한 인지적 능력을 요구하지만, 몸에 가 닿기에는 너무 멀고 복잡하다. 촉각은 청각과 함께 가장 오래된 감각이다. 갓 태어난 아이도 품에 안기는 것을 좋아하고, 우리 몸에서 가장 민감한 입의 점막으로 엄마의 젖을 찾는다. 따듯한 감각이 온몸에 퍼지는 그 기분은 '나'라는 인식이 생기기도 전에, 내가 몸을 가지고 있다는 것을 알기도 전에, 이미 뇌에 깊숙하게 새겨진다.

서른 살 때 전북 부안에서 공중보건의를 하면서 본격적으로 음악을 들었다. 지금도 그렇지만 그때도 가장 좋아하는 음악 장르를 딱 하나 꼽으라면 재즈가 첫 번째였다. 학교 다닐 때 자취방에선 절대로 들을 수 없는 음량으로 시끄러운 재즈들을 마음껏 들었다. 그러면서 소위 '고상한 꼰대'들이 많이 듣는 바이올린이나 첼로 독주, 혹은 소편성 '살롱음악'들을 은근히 경멸했다. '저건 음악이 아니라 귀족이나 부르주아들의 인테리어 같은 것 아닌가' 속으로 생각하면서 말이다.

그런데 이상하게도 그런 현악들을 듣고 싶은 때가 있었다. 시디장에서 고른 음반들 중 클래식의 비중이 점점 늘어나고 나도 모르게 '그래 일 년 만이네' 하면서 빌즈마의 바흐 무반주 첼로를 듣고, 스스로 뭔가 민망해하면서 이 곡이랑 저 곡이 잘 구분도 안 되는 모차르트 현악 사중주들을 듣고 있었다.

그러던 어느 날 문득 깨달은 것이, 겨울이 되어 공기가 차가워지고 혼자 지내는 보건소 이 층 관사가 싸늘해지기 시작하면, 현악들을 꺼내어 듣고 있던 거였다. 여름엔 마일즈 데이비스의 뮤트 트럼펫이 제격이지만, 겨울에는 활과 현이 마찰하는 까슬까슬한 소리들—바흐 무반주 첼로 조곡의 풍성함, 베토벤 후기 현악사중주의 뜨거움, 모차르트 현악 소편성들의 따스함—이 필요했던 것이다. 그러니 내게 음악은 청각적 경험인 동시에 촉각적 경험이었다.

그러고 보니 우리 마음에 촉각은 항상 중요하다. '마음이 뜨거워졌다', '마음이 식어버렸다', '마음이 쓰리다'는 등의 촉각적 비유를 다른 감각으로 대체할 수 있을까? 마음은 피부처럼 세상을 촉각적으로 지각한다. 그래서 디디에 앙지외가 "사고는 뇌보다는 피부와 관련된 것이 아닐까?"[28]라고 물었던 것인지도 모르겠다.

음악, 세 번째

내가 음악에서 들으려고 하는 것은 무엇일까. 초등학교 이학년 때 아빠와 동네 음반점에 가서 카라얀이 지휘하는 브람스 교향곡 1번 테이프를 사가지고 와 집에서 처음 들어보던 그때부터(반에 클래식을 좋아하는 친구가 있었는데 그 친구가 어찌나 잘난 척하던지 한 번 꼭 들어봐야 했다) '바로 그 음악'을 끊임없이 찾아왔다. 처음에는 어떤 한 곡을 찾으면, 바로 딱 내 취향인 그 한 곡을 찾으면 닿을 듯 멀어지고 채워질 듯 기갈만 드는 이 감질 나는 느낌의 끝을 볼 수 있을 것 같았다. 생각해볼수록 이것은 내게는 어떤 쾌감보다는 고요함에 가까웠는데, 그래서 굴드가 음악의 목표를 "경이와 평정의 상태"로 묘사했을 때 진심으로 공감할 수 있었다.

하지만 수십 년 동안 수많은 음악을 들어도, 결국 '그 음악'을 찾지 못했다. 그럼에도 언어나 이미지, 운동이나 음식과 같은 다른 어떤 방식보다 음악이 '그것'에 나를 가장 가깝게 이끈다는 것은 느낀다. 베르그송은 내가 막연하게 느껴온 것을 정확하게 이해하고 있었다. 그는 이렇게 말했다.

"음악은 우리에게 느낌들을 소개시켜주지 않는다. 오히려 음악은 그 느낌들에게 우리를 소개시켜주는 것이다. 마치 우리는 떠밀려서 춤 속으로 들어서게 된 지나가던 사람과 같다."[29]

또 아도르노가 "우리는 음악을 이해하지 못한다. 음악이 우리를 이해하는 것이다"라고 말할 때, 그는 베르그송과 같은 이야기를 하고 있을 것이다. 음악만이 줄 수 있는 위로가 존재하는 것일까? 책처럼 훑어 읽을 수도, 그림처럼 멀리서 대충 볼 수도, 영화처럼 빨리 돌려볼 수도 없는 절대적 수동성이 오히려 어떤 깊은 흐름과 만나게 해주는 것일까? 그리하여 음악이 몸과 만날 때 우리는 마침내 춤이 된다.

　오, 음악에 흔들리는 몸이며, 반짝이는 빛이여
　춤과 춤추는 사람을 어떻게 구별할 수 있을까?[30]

음악, 네 번째

아내랑 드라마를 보다가 문득 어떤 생각이 들었다. 기록해 놓아야지 생각해놓고, 당장 드라마에 빠져서 미뤄놓았는데, 막상 적으려고 하니 기억이 안 난다. 내용은 기억나지 않고, 그 아이디어의 내적 구조가 뭔가 위에서 아래로 출렁하고 내려왔다가 양쪽이 서로 끌어당겨지면서 생각지 못하는 부분에서 만난다는 느낌만 있다. 그리고 그 아이디어가 마음에 든 이유도 이 사고의 구조 자체가 새롭다는 것이었는데, 정작 내용을 떠올릴 수 없으니 아무 소용이 없다.

재즈 작곡가 칼라 블레이의 유명한 앨범 〈Sextet〉에 수록되어 있는 'Lawns'라는 곡은 주 멜로디가 독특하다. 마치 서너 계단 위에서 아래로 툭 뛰어내린 것처럼 멜로디는 시작하자마자 하강해서, 잠깐 멈췄다가 상승하는데 이상하게 이러한 전개는 묘한 안도감과 설렘을 동시에 준다. 우연히 며칠 후에 이 곡을 듣고, 잊어버린 생각과 이 곡의 구조가 비슷하다는 생각이 퍼뜩 들었다.

그렇다면 생각이 음악을 흉내 내는 걸까, 아니면 음악이 생각을 따라가는 것일까?

정치

정치에 대해서 이야기할 수 있는 능력이 내게는 없다. 하나의 사태가 지니는 역사적, 경제적, 사회적 맥락을 통합해서 균형 잡히게 이해하고, 얻을 것은 취하고 잃을 것은 감수하면서 명철하게 판단하는 능력을 지녀본 적이 없다. 정량적인 데이터와 질적인 삶을 통합하는 방법을 아직도 당최 이해하지 못한다. 어디까지 실제로 연관되는지 모르겠지만 중고등학교 육 년 동안 정치경제 과목에서 80점을 넘겨본 적이 한 번도 없다. 나름 공부는 잘하는 축이었는데, 정치경제만큼은 도저히 이해할 수 없었고, 그냥 암기하려고 해도 꼭 무슨 버그가 생기는 것처럼 기억이 어긋났다.

정치 문제에 대해서 이야기할라치면, 한 측면에 대해서 생각해서 이게 옳구나 했다가도 다른 입장과 다른 관점 이야기를 들으면 금방 설득되어 버려, 어떻게 판단해야 하는지 알 수 없게 된다. 판단을 내릴 만한 충분한 정보가 여전히 부족한 것 같고, 당장 눈앞에 잃을 것이 아깝고, 상처 받을 사람에게 미안하고, 내 결정에 대해서 비난당할 것이 두려워서, 결정은 못 내리고 '나는 모르겠네' 해버린다. 언젠가 선택한(과연 선택한 것일까) 정치적 입장을 적당히 고수하면서, 적당히 진보적인 척 살고 있을 뿐이다.

당연하게도 잘 모르겠다고 하는 것도 정치적인 태도인 것이라, 나는 결국 적당히 순응하는 사람이 되어 버리지만(홍세화 선생은 최근에 "착한 방관자는 비겁한 위선자에 불과하다"고 썼다. 나에게 하는 이야기였다), 이에 대해서도 어찌할 바를 모르겠다.

하지만 점점 더 정치적 결정에 무의식적 영역의 영향이 크다는 것은 느끼게 된다(이 역시 내가 정치적 결정을 회피하는 방어의 한 형태이기도 할 것이다). 한번은 대통령 선거 얼마 전에 같이 일하던 동료들과 밥을 먹으며 후보들에 대해서 이야기한 적이 있다. 한 친구가 말하길 모모 후보는 다른 것을 다 떠나서 얼굴이 너무 비열하게 생겨서 도저히 표를 줄 수가 없다고 했다. 그 말이 내게 충격이었던 것은 정확히 같은 이유로 나는 그 후보와 경쟁하는 상대 후보에게 투표할 수 없다고 생각하고 있었던 것이다. 무던한 그 친구가 인상에 대해서 나와 그렇게 정반대의 판단을 하게 된 것에는 어떤 왜곡의 기제가 작용한 것일까?

왜 누구는 좌파가 되고 누구는 우파가 되는 것일까? 왜 어떤 사람은 평생 특정한 정치적 입장을 고수하는데, 누구는 그렇지 않을까? 왜 극좌인 사람은 그렇게 쉽게 극우가 되는데, 극우는 절대로 극좌가 되지는 않을까? 정치적 판단력이 없는 나는 이에 대해서 어렴풋하게 심리적 혹은 정신분석적 사고를 가동시켜 보나, 금세 판단정지를 해버린다. 정치적 판단을 하지 않는 것 자체가 일종의 정치적 판단인 건 이해하지만, 그래도 정치로 판단할 수 없는 영역을 존중해야 하는 건 아닐까. 스스로를 보호하기 위해 그렇게 속으로만 생각한다. 이렇게 순진하게(아둔하게) 글을 마무리하고 싶지는 않는데, 적당한 문장이 아무래도 떠오르지 않는다.

시간

냉동실에서 딱딱하게 굳은 아이스크림을 숟가락으로 떠내려고 노력한다. 처음에는 돌멩이처럼 깡깡하다. 빨리 티브이 앞 소파에 드러눕고 싶은 마음에 왼손으로 아이스크림통을 부여잡고 숟가락 끝을 우겨넣는데, 정말 톱밥 한 조각만큼만 겨우 떨어져 나온다. 그런데, 그렇게 밀어 넣어보고 찔러보고 두들기다 보면, 어느새 미묘하게 아이스크림의 표면이 녹으면서 쑤욱 하고 숟가락이 들어가는 순간이 온다.

뜨거운 커피에 혀를 데어 깜짝 놀라서 내려놓고, 조심조심 아주 조금씩 입술 끝으로 할짝할짝 마시다 보면, 어느새 한 모금 꿀꺽 따듯하게 넘길 수 있는 순간이 온다.

몸으로 느껴지는 시간. 너무도 당연한데, 생각해보면 참으로 신기하다. 온 세계 온 우주가 이 한 방향으로 이 속도로, 아이스크림이 녹고 커피가 식는 바로 이 속도로 흐르고 있다니.

몇 년 전 로스앤젤레스에서 열린 학회에 갔다가, 동료 선생님과 밤기차를 타고, 새벽에 한숨 자고, 다시 또 기차를 갈아타고 그랜드 캐년에 간 적이 있다. 전망대에 서서 대지가 수직으로 수백 미터(실제로는 1.5킬로미터라고 한다) 깊이로 깎여 내려간 장관을 바라보고 있으니 실감이 나지 않았다. 해설에는 이십억 년에 걸친 지각활동의 결과 생겨난 협곡이라고 되어 있다. 한참 넋을 놓고 쳐다보다가 말했다. "이백 년 전쯤에 누가 뚝딱뚝딱 만들었을 거예요. 대규모 공사였겠어요. 설마 우리가 태어나기 전에 이십 억년이라는 시간이 정말로 흘러왔겠어요?"

내 몸으로 느끼지 못하는 시간은 도저히 실감이 안 난다. 내가 태어나기 전 시간들도, 내가 세상을 떠난 후의 시간들도. 그러니 오로지 내가 의식하는 한 생만, 혹은 오로지 지금 여기만 존재하는 건 아닐까?

진리

기차에서 사무엘 베케트의 『프루스트』를 읽었다. 베케트가 프루스트에게서 발견한 것 중 새삼 마음에 와 닿은 것은 주관적 진리에 대한 언급이다. 프루스트는 돌아가신 할머니에 대한 기억을 되새기면서 "약간의 진리를 만약 추출할 수 있다면 그것은 그토록 특별하고, 본능적인 그녀로부터 오는 진리일 수밖에 없다"라고 말한다.

예나 지금이나 여전히 충격적인 문장이다. 상식과 달리 프루스트에게 진리는 보편적인 것이 아니다. 진리는 그만의 삶에서, 오로지 그만이 알고 느끼고 기억한 유일무이한 삶에서 온다. 소위 철학적 진리 따위는 프루스트에게는 의미가 없다.

철학자 질 들뢰즈는 프루스트를 읽으면서 그를 플라톤과 대립시키는데, 그것은 플라톤이 진실을 추구하는 의지(플라톤은 이것이 '보편적'이라고 주장한다)를 바탕으로 사유한다면, 프루스트는 세상에서

'우연'하게 마주치는 사건들—그러니까 연인의 외도나 차 한 스푼에 녹은 과자 한 조각—에 대한 반응으로 사유하기 때문이다.

들뢰즈는 프루스트의 개인적이고 특수한 진리가 플라톤의 보편적 진리보다 더 '진실'에 가깝다고 말한다. 그러니까 든든하고 익숙한(뻔한) 내 안에서 생각하는 것이 아니라 상처받은 자의 연약함 속에서 사유하는 것이 세상을 더 깊이 이해할 수 있게 해준다는 것. 우리의 가장 심오한 경험 속에는 항상 내가 아니라 대상이, 주체가 아니라 타자가 있다는 것.

북으로 달리는 기차 창가 자리에 앉아 책을 읽는데, 천천히 오후의 해는 고도를 낮추고 종이 위에 드리우는 빛은 계속 변했다. 햇볕이 내리 쬐다가 문득 그늘로 들어서서 어두워지고, 산 그늘인지 나무 그늘인지 혹은 가끔 정차하는 기차역의 차양 속인지에 따라 그늘의 두께와 색조도 달라진다. 기차가 터널로 진입하는 순간엔 눈앞이 훅 어두워지고 그에 따라 책장도 아주 잠깐 캄캄하다. 종이 위에 드리우는 빛의 변화와 상관없이 종이에 찍힌 활자는 같은 의미를 전달하겠지만, 과연 이를 통째로 하나의 경험으로 흡수하는 나에게도 같을까? 창밖의 빛과 책 속 문장의 의미는 서로에게 배어들어 그때마다 다른 경험이 되고, 그리하여 내게 다른 흔적을, 다른 진실을 남겨놓지 않을까?

블랙홀

블랙홀은 검은 구멍이다. 강한 중력에 의해 빛조차 빠져 나올 수 없어서 검게 보이는 천체. 별이 수축하면서 밀도가 어떤 한계를 넘으면 시공간이 심하게 휘어서 어떤 입자나 빛도 바깥으로 빠져나올 수 없는 영역이 생긴다. 아인슈타인은 일반상대성이론을 발표하면서 블랙홀이 존재할 거라고 예측했고, 1990년경에 최초의 블랙홀이 백조자리에서 정말로 발견되었다(스티븐 호킹은 블랙홀이 없다는 데에 내기를 걸었다. 이기면 돈을 벌고 져도 기분이 좋으니 잃을 것이 없다는 게 이유였다).

이해하기 어렵고 여전히 납득하기 어려운, 우리의 일상과는 전혀 상관없을 것 같은 이 블랙홀은 최근 연구에 따르면 모든 은하의 중심에 존재한다고 한다. 블랙홀이 우주 구석에 우연히 생긴 것이 아니라, 블랙홀이 있었기에 안정적으로 은하가, 그러니 태양계가, 그러니 지구가, 그러니 내가 태어날 수 있었다는 것이다. 블랙홀은 우주의 예외적인 특이점이 아니라, 우주의 중심이자 기본 구조인 것이다. 통상적인 물리 법칙이 통하지 않는, 그 속에서 어떤 일이 일어나는지 상상조차 할 수 없고 어떤 일이 일어났는지 보러갔다간 절대로 원래 세상으로 돌아올 수 없는 저 기괴한 장소가 이 우주의 기본 뼈대라는 발견은 내게 충격이었다. 특이점이 정상의 중핵에 있고 그 특이점을 통해 통상적 물리법칙이 적용되는 우주의 존재 자체가 가능해진다는 이 깊은 역설이라니.

정신분석가 자크 라캉은 인간의 마음이 어떻게 구축되는지 고민하면서 누빔점이란 개념을 만들었는데, 라캉의 다른 많은 개념들이 그렇듯 이 용어도 이해하는 게 참 어렵다. 누빔점은 원래 소파 안의 솜들을 소파의 겉가죽에 고정하는 단추를 의미하는데, 라캉은 이 개념으로 언어가 우리 무의식 안으로 들어와 인간이라는 주체가 탄생하는 그 미묘한 순간을 설명한다.

라캉에게 언어는 하나를 설명하려면 설명 그 자체를 설명해야 하기에(엄마, 책상이 뭐예요? 응 책상은 공부할 때 앞에 놓는… 그럼 공부가 뭐예요? 응 공부란…), 의미가 확정되지 않고 끊임없이 순환할 수밖에 없는 체계이다. 인간은 이 언어를 습득하면서 주체로 태어나는데, 원래 언어라는 게 오랜 역사 속에서 사람들이 만들어온 의미의 집합인지라, 우리 각자는 그냥 세상의 언어를 통으로 받아들이는 수밖에 없다. 여기에서 라캉식의 농담이 나온다.

"자신을 곡식 알갱이라고 믿고 있는 남자가 있었는데, 의사들이 최선을 다한 결과 그는 자신이 곡식이 아니라 인간임을 확신하게 되었다. 치료가 끝나고 병원 문을 나서자마자 그는 부들부들 떨면서 되돌아왔다. 문밖에 있는 닭이 자신을 쪼아 먹을까 두려웠던 것이다. 주치의가 말했다. 여보시오, 당신은 곡식 알갱이가 아니라 인간이란 걸 잘 알지 않소? 환자가 대답했다. 물론 나는 잘 알지요. 하지만 닭도 그걸 알까요?"

의미를 결정하는 것은 내가 아니라, 세상인 것이다. 그런데 라캉은 주체란 언어에 휘둘릴 수밖에 없는 수동적 존재라 말하지 않는다. 세상의 의미가 선명하게 자리를 잡는 순간이 있고, 그것이 바로 주체가 하는 일이라고 본다. 누빔점은 이러한 의미의 고정 작업을 가리키며, 그 덕분에 잠시나마 혼돈 속에서 의미가 솟아오른다.

여기서 이상한 건 이 누빔점을 작동시키는 것은 과연 누구(무엇)인가 하는 것이다. 이미 존재하는 주체가 만든다고 할 수 없는 게, 누빔점이 있어야 의미가 확정되고, 그래야 주체라는 것이 구축되는 것이니, 다시 말해 의미의 효과가 주체이기 때문에 순서가 맞지 않는다. 그렇지만 의미의 끊임없는 순환을 멈출 수 있는 것은 결국 문장에 마침표를 찍을 수 있는 존재이고, 그 존재가 바로 주체 아니가!

따라서, 뫼비우스의 띠처럼 안팎이 끊임없이 뒤집히는, 상식적으로는 이해하기 불가능한 기괴한 구조가 만들어진다. 누빔점이 있어야 주체가 만들어지는데, 누빔점을 찍는 건 주체인 것이다.

30년 전 벤자민 리벳은 피험자의 머리와 손목에 전극을 붙이고 시계를 보면서 아무 때나 원할 때 손목을 움직이게 했다. 피험자들은 '자유의지'로 손을 움직이는 순간을 선택했다. 결과는 충격적이었다. 그들은 손 근육이 움직이기 0.2초 전에 결심했다고 보고했는데, 뇌파의 변화는 그보다 0.5초 전에 이미 일어나 있었다. 그러니까 내 판단은 내가 의식하지 못하는 뇌 변화의 결과였다. 그렇다면 뇌의 변화를 일으키는 것은 '누구'인가?

2007년에는 비슷한 결과가 재연되었는데, 독일의 존-데일란 하인즈 연구팀에 따르면, 우리가 오른쪽 버튼을 누를지 왼쪽 버튼을 누를지 결심하기 길게는 10초 전에 의사결정을 관장하는 영역 뇌의 변화가 일어나고, 5초 전에는 운동 피질의 변화가 일어나서 연구팀은 피험자가 어느 버튼을 누를지 결심하기도 전에 어느 정도 예측할 수 있었다고 한다. 이휘재가 '그래 결심했어!'를 외치기 이미 5초 전에 결정은 내려진 것이다.

그렇다면, 결심하는 것은 누구인가? 이미 결정된 판단을 우리가 받아들이는 것이라면 자유의지를 가진 주체라는 것은 환상에 불과한 것일 테지만, 그렇게 작동하는 몸과 뇌가 다름 아닌 '나'이고 주체이지 않은가?

오랫동안 이 모순들에 대해서 생각해왔지만 도저히 납득하기 어려웠다. 그냥 '이 알 수 없는 우주는, 우리 마음은 참으로 신비롭구나'라고 생각하고 우아하게 마음을 접기에는 당장 먹고사는 일과 연관되어 있는 주제도 엉켜 있어서 쉽게 내려놓을 수도 없었다. 그러던 중 정신분석가 토마스 옥덴의 책『분석적 주체』에서 "주체는 의식과 무의식 사이의 관계 안에서 일어나는 현상"이라는 문장을 만났다. 옥텐은 의식과 무의식 둘 중 어느 하나가 핵심이고 다른 하나는 보조인 것이 아니라, 서로 다른 두 기제가 상호작용하면서 생겨나는 상태가 바로 마음이라고 말한다. 우리가 마음을 가지기 위해서는 의식과 무의식이 모두 필요한 것이다. 그 의미에 대해서 곱씹다가 문득 무릎을 쳤다. 서로 다른 두 상태 중 어떤 한 상태가 정상이고 중심인 것이 아니라, 다른 것의 만남 사이에서 현실 혹은 실제가 생성되는 것이다!

그렇다면 우주가 물리법칙과 특이점 사이의 관계 안에서 일어나는 현상이듯, 주체는 언어와 자아 사이의 관계 안에서 일어나는 현상이고, 자유의지 또한 의식과 뇌의 활동 사이의 관계 안에서 일어나는 현상인 건 아닐까. 그리하여 현실이란 항상 서로 다른 두 세계 사이 '만남'에서, 그 '관계'에서 생성되고 완성되는 것인지도 모른다.

상실

아들이 돌이 될 무렵 우리는 서울을 떠나 강원도 원주로 이사를 했
고 거기서 만 이 년을 살았다. 맞벌이를 했기에 아들을 돌봐주실 분
이 필요했고, 운 좋게 변함없이 사랑을 주신 이모님을 만났다. 그 이
년은 사실 우리 부부에게는 다시 서울로 돌아갈 것인가, 평생 낙향
할 것인가를 고민하는 시간이기도 했다.

마침내 전남 바닷가로 이사하기로 결심하면서 그동안 아들을 돌
봐준 이모님과 저녁식사를 했다. 말로 표현할 수 없는 마음인데, 서
로가 비슷해서, 조용히 아들 재롱 보며 밥만 먹었다. 식당에서 나오
는데 노래 흥얼거리며 아무 생각 없는 것처럼 놀던 아이가 갑자기
"이사 가면 이모 다시 못 보지…" 한다.

어른들이 할 말을 찾는 동안 금세 다 잊었다는 듯 밝은 표정이던
아이는 막상 이모님이 차에서 내릴 때가 되니, 작은 선물로 드린 케

이크를 되돌려 달라며 갑자기 평소와 달리 엉엉 울면서 이상하게 심하게 떼를 썼다. 좋아하는 사람을 어쩌면 다시 못 볼지도 모른다는 막연한 느낌은 아이의 지성이 감당하기에는 너무 복잡하고 무거워서, 그 감정이 눈앞의 케이크가 사라진다는 이해 가능한 사건으로 옮겨온 것 같았다.

아이는 집에 들어와서는 갑자기 '오리가 헤엄치는 책'을 빼 달라고 졸랐는데, 엄마 오리와 새끼 오리들이 물 위를 헤엄쳐 다른 둥지로 옮겨가는 내용이었다. 맨 뒤의 오리는 뒤따르는 거북 한 마리를 챙긴다. 이사와 이모님에 대한 마음이 책에 다 들어 있었다.

이사를 하고 짐도 제대로 풀지 않고 뉴질랜드로 여행을 떠났다. 아들은 여행 첫 날 도착한 바닷가에서 자그마한 불가사리를 발견하고는 잠깐 만지고 놀았다. 불가사리는 금세 파도에 휩쓸렸는데, 불가사리 어디 있느냐는 물음에 엄마가 "가버렸다"고 대답하자, 그때부터 목 놓아 엉엉 울기 시작했다. 그러면서 "가버렸어, 가버렸어" 한다.

다음 날 아침에는 조개껍질 하나 잃어버려 놓고 '가버렸다'며 또 땡볕 내리 쬐는 백사장에서 눈물 뚝뚝 흘리며 울었다.

셋째 날, 와이포우아 숲에서 저녁 산책을 하는데, 아이가 며칠 전부터 고민하던 하나둘셋 세는 법을 반복해서 엄마에게 묻기 시작했다. 잘 굽혀지지 않는 손가락을 다른 손으로 정성스레 하나하나 섭으며, 하나에 하나 더 하면 몇이야, 둘에 하나 더하면 몇이야, 셋에 하나가 가버리면 몇이야, 둘에 하나가 가버리면(다시 '가버리다'는 동사가 나온다. 아이가 갑자기 숫자에 몰두하기 시작한 건 우연이었을까 아니면

이 동사 때문이었을까) 몇이야, 네다섯 번 반복해서 묻더니 이제는 엄마 아빠를 거기 넣는다.

"엄마랑 아빠랑 나랑 있는데 엄마가 가버리면 몇이야?"

"엄마랑 아빠랑 나랑 있는데 엄마랑 아빠가 가버리면 몇이야?"

그렇게 궁금한 표정으로 또 두세 번 묻더니 갑자기 표정이 확 변하며 말한다.

"엄마랑 아빠랑 가버리면 나는 하나라서 슬퍼….''

두 주간의 여행을 마치고 귀국해서, 조금씩 남도 생활에 적응을 했다. 새롭게 만난 이모님도 편하게 받아들였고, 유치원도 다니기 시작했다. 나는 구하려고 했던 직장에 갑자기 일이 생겨 일할 곳을 찾지 못하고 놀았다. 그러던 일요일에 백수 아빠와 아들은 같이 집 앞 언덕에 갔다. 팔각정에서 아빠 모자랑 제 모자를 난간 밑으로 최대한 멀리 던졌다가 주워오면서(다시 모자가 '가버리고' 있다) 놀았는데, 다섯 번 열 번을 해도 질려하지 않는다. '아스쿠림'으로 꾀어 겨우 언덕을 내려가기 시작하는데, 얼마 가지 않아 계단에 주저앉아 말한다.

"가려니 섭섭해요."

그러곤 한참 슬픈 표정으로 움직이지 않다가, 무등 태워준다는 말에 겨우 일어섰다.

만나고 떠나는 일에 대해서, 헤어지고 잃고 잊는 일에 대해서 아이는 조금씩, 조금씩 배워가고 있었다. 어느 누구도 덜어줄 수 없고 막아줄 수 없는, 대신 아파해줄 수도 없는 저 상실감 속에 홀로 앉아 있는 아들을 바라보고 있으니, 문득 아득했다. 상실 속에서 우리는 진정으로 혼자라는 것을 아들 옆에 앉아 배웠다. 하지만 곁에 엄마 아빠가 있어 아이는 목놓아 울 수 있고, 가버리는 놀이를 할 수 있고, '섭섭하다'고 말할 수 있었을 터. 상실을 피할 수는 없지만 거기에 짓눌리지 않고 성장할 수 있는 것은 우리가 혼자가 아니기 때문이다.

상실, 두 번째

펫로스(Petloss)에 대한 짧은 글을 쓸 일이 있어서 얼마 동안 상실과 애도에 대해서 곱씹을 기회가 있었다. 그러면서 깨달은 가장 중요한 것 중 하나는 상실로부터 완전히 회복하는 것은 불가능하며, 애도는 끝없이 진행된다는 것이었다. 사람들이 쉽게 생각하듯이, 상실의 슬픔은 '치료'되는 것이 아니며, 내 삶에서 중요했던 사람이 떠난 자리는 그 무엇으로도 완전히 메꿔지지 않는다. 슬픔은 조금씩 무뎌지고 우리는 일상으로 천천히 되돌아가지만, 삶은 전과 같을 수 없다. 우리가 세상을 대하고, 나 자신을 대하는 방식은 영원히 미묘하게 달라진다.

그래서 많은 사람들이 상실 속에서 누군가 위로한답시고 건네는 격려에 — '괜찮아, 금방 좋아질 거야!', '뭘 그 정도 가지고 그래! 다시 씩씩한 너로 돌아오라구!' — 모욕당한 기분을 느낀다. 내 존재 자체의 변화인 사건을 일시적 병환으로 치부하기 때문이리라.

　말로 설명하기 힘든 그 미묘한 느낌을 잘 표현하는 시가 빈센트 밀레이의 〈죽음의 엘레지〉이다.[31]이 시를 이십 대 때 읽고, 마음 깊이 감동했지만, 누가 이유를 물어보면 잘 설명할 수 없었다. 이십 년이 지난 지금에서야 겨우 알겠다. 소중한 존재가 떠나고 격렬한 애도의 시간을 거치고 난 후 우리 마음에 남는 영원한 자국을 이보다 정확하게 표현할 수 있을까.

너 죽어 땅 속에 있을 때에도
장미와 진달래는 피어 있을 것이다.
그때에도 여전히, 벌들로 무거워진
흰 라일락으로부터 햇빛 밝은 소리가 들리고

여전히 낙엽송들은 비 그친
뒤에도 빗물을 뿌리고 여전히,
그루터기에는 붉은 울새들이,
따스한 푸른 언덕엔 회색 양들이 있을 것이다.

봄은 아파하지 않고 가을은 머뭇거리지 않을 것이나.
네가 가 버렸다는 것을 아무것도 알지 못하리라.
너 이외엔 아무도 발 디디지 않았던
어느 음침한 전답만을 빼놓고는,

오월초와 명아주를 빼놓고는, 아무것도
네가 가 버렸다는 것을 알지 못할 것이다.
그것들과, 어쩌면은 어느 무너진 헛간
곁에 서 있는 못쓰게 된 마차 외에는.

오 너의 큰 사라짐과 더불어, 너 자신의 것이 아닌
다른 아름다움은 별로 사라지지 않을 것이다.
다만 흔한 물로부터 밝은 빛만이,
단순한 돌멩이로부터 우연한 아름다움만이 사라지리라!

'우연한 아름다움'이라니. 아름다움은 만나는 것이지만, 어떤 땐
상실 속에서 더 강렬하게 느껴지기도 한다. 내게 중요한 존재가 사
라질 때 더 이상 우리는 같은 방식으로 감탄하지 못한다.

미주

1. 사건

1) 아폴로도로스, 『원전으로 읽는 그리스 신화』, 천병희 옮김, 숲, 2004

2) 도널드 위니코트, 『놀이와 현실』, "어린이 발달에서 엄마와 가족이 담당하는 거울 역할", 한국심리치료연구소, 1997

3) 윌리엄 셰익스피어, 〈맥베스〉, 『셰익스피어 4대 비극』, 이태주 옮김, 범우사, 2007

4) 다카하시 겐이치로, 『우아하고 감상적인 일본 야구』, 박혜성 옮김, 웅진지식하우스, 2005

5) 마크 롤랜즈, 『철학자가 달린다』, 강수희 옮김, 추수밭, 2013

6) 올리버 색스, 『나는 침대에서 내 다리를 주웠다』, 한창호 옮김, 소소, 2006

7) 스테판 포지스, 『다미주 이론』, 노경선 옮김, 위즈덤하우스, 2020

8) 루크레티우스, 『사물의 본성에 관하여』, 강대진 옮김, 아카넷, 2012

9) 위앤커, 『중국신화전설』, 김선자, 전인초 옮김, 민음사, 1998

10) T. S. 엘리엇, 〈번트 노튼〉, 직접 번역.

2. 사물

1) 마르셀 프루스트, 『잃어버린 시간을 찾아서: 꽃피는 아가씨들 그늘에』, 김창석 옮김, 국일미디어, 1998

2) 케이트 베로스, 『시기심』, 김숙진 옮김, 이제이북스, 2004

3) 루이 알튀세르, 『미래는 오래 지속된다』, 권은미 옮김, 이매진, 2008

4) 마틴 게이퍼드, 『내가, 그림이 되다』, 주은정 옮김, 디자인하우스, 2013, 182쪽

5) 안나 프로이트, 『자아와 방어기제』, 김건종 옮김, 열린책들, 2015

6) 존 버거, 『포켓의 형태』, 이영주 옮김, 동문선, 2005

7) 마르셀 소바죠, 『날 내버려 두세요』, 박은진 옮김, NUN, 2011

8) 지그문트 프로이트, "자아와 이드", 『정신분석학의 근본개념』, 윤희기 옮김, 열린책들, 2004

9) 디디에 앙지외, 『피부자아』, 권정아, 안석 옮김, 인간희극, 2013

10) 폴 발레리, 〈해변의 묘지〉, 『해변의 묘지』, 김현 옮김, 민음사, 1973

11) 디디에 앙지외, 『피부자아』, 권정아, 인석 옮김, 인간희극, 2013에서 재인용

12) 크리스토프 도미노, 『베이컨: 회화의 괴물』, 시공사, 1998

13) 미하일 바흐친, 『프랑수아 라블레의 작품과 중세 및 르네상스의 민중문화』, 이덕형, 최건영 옮김, 아카넷, 2001

14) 에밀리 디킨슨, 〈내 민감한 귀에 나뭇잎들이 의논의 말을 건넸다〉, 『수수께끼』, 류주환 옮김, 충남대학교출판부, 2003

15) 마이클 아이건, 『정신증의 핵』, 이재훈 옮김, 한국심리치료연구소, 2013

16) 송재학, 〈그가 내 얼굴을 만지네〉, 『그가 내 얼굴을 만지네』, 민음사, 2007

17) 마르셀 프루스트, 『잃어버린 시간을 찾아서: 꽃피는 아가씨들 그늘에』, 김창석 옮김, 국일미디어, 1998

18) 김훈, 『밥벌이의 지겨움』, 생각의나무, 2007

19) Kathleen D. Vohs, etc., "The psychological consequences of money", *Science*, July 2015

20) 지그문트 프로이트, 『끝낼 수 있는 분석과 끝낼 수 없는 분석』, 이덕하 옮김, 비, 2004

21) 줄리언 반스, 『플로베르의 앵무새』, 신재실 옮김, 열린책들, 2009

22) 장준근, 『수석』, 대원사, 1989

23) 보리스 시륄니크, 『관계』, 정재곤 옮김, 궁리, 2009에서 재인용

24) 로베르토 칼라소, 『카드모스와 하르모니아의 결혼』, 이현경 옮김, 동연, 1999

25) 수전 손택, 『사진에 관하여』, 이재원 옮김, 이후, 2005

26) 존 버거, 『포켓의 형태』, 이영주 옮김, 동문선, 2005

27) 존 버거, 『포켓의 형태』, 이영주 옮김, 동문선, 2005

28) 앙토넹 아르토, 『나는 고흐의 자연을 다시 본다』, 조동신 옮김, 숲, 2003에서 재인용

29) 카슨 맥컬러스, 『마음은 외로운 사냥꾼』, 서숙 옮김, 시공사, 2014

30) 허먼 멜빌, 『모비딕』, 김석희 옮김, 작가정신, 2010

3. 사유

1) 마델레인 데이비스, 『울타리와 공간』, 이재훈 옮김, 한국심리치료연구소, 1997에서 재인용

2) 송재학, 〈물〉, 『얼음시집』, 문학과지성사, 1988

3) 파스칼 키냐르, 『혀끝에서 맴도는 이름』, 송의경 옮김, 문학과지성사, 2005

4) 윌프레드 비온, 『주의와 해석』 4장, 허자영 옮김, NUN, 2015. 번역은 지은이 수정

5) 존 쿳시, 『슬로우맨』, 왕은철 옮김, 들녘, 2009

6) 라이너 마리아 릴케, 『젊은 시인에게 보내는 편지』, 송영택 옮김, 문예출판사, 2018

7) 아도르노, 『미니마 모랄리아』, 김유동 옮김, 길, 2005

8) 헤르만 블로흐, 『베르길리우스의 죽음』, 김주연, 신혜양 옮김, 시공사, 2012

9) 윌리엄 셰익스피어, 『헨리 4세』, 직접 번역

10) 요한 하위징아, 『호모 루덴스』, 김윤수 옮김, 까치, 1997에서 재인용

11) 프랑수아 돌토, 『아이가 태어나면』, 샘터사, 1990

12) 도널드 위니코트, 『놀이와 현실』, 이재훈 옮김, 한국심리치료연구소, 1997에서 재인용

13) 윌프레드 비온, 『주의와 해석』 3장, 허자영 옮김, NUN, 2015

14) 마이클 아이건, 『무의식으로부터의 불꽃』, 이준호 옮김, 한국심리치료연구소, 2009

15) 빌라야누르 라마찬드란, 『라마찬드란 박사의 두뇌실험실』, 신상규 옮김, 바다출판사, 2015에서 재인용

16) 윌리엄 셰익스피어, 『한여름 밤의 꿈』, 이윤기, 이다희 옮김, 달궁, 2005

17) 레나타 살레츨, 『사랑과 증오의 도착들』, 이성민 옮김, 비, 2003

18) 프랑수아 라블레, 『팡타그뤼엘 제4서』, 유석호 옮김, 한길사, 2006

19) 카트린 마틀랭, 『라깡과 아동정신분석』, 박선영 옮김, 아난케, 2010에서 재인용.

20) 파스칼 키냐르, 『은밀한 생』, 송의경 옮김, 문학과지성사, 2001

21) 이성복, 『타오르는 물』, 현대문학, 2009

22) 윌리엄 셰익스피어, 『존 왕』, 신정옥 옮김, 전예원, 2006

23) 브루노 스넬, 『정신의 발견』, 김재홍, 김남우 옮김, 그린비, 2020

24) 지그문트 프로이트, 『끝낼 수 있는 분석과 끝낼 수 없는 분석』, 이덕하 옮김, 비, 2004

25) 카를 구스타프 융, "꿈 분석의 실용성", 『정신요법의 기본문제』, 융저작 번역위원회, 솔출판사, 2001

26) 도널드 위니코트, 『성숙과정과 촉진적 환경』, "의사소통과 비의사소통 사이에 존재하는 역설에 대한 연구"(1963), 한국심리치료연구소, 2000

27) 존 버거, 『여기, 우리가 만나는 곳』, 강수정 옮김, 열화당, 2006

28) 디디에 앙지외, 『피부자아』, 권정아, 인석 옮김, 인간희극, 2013

29) 앙리 베르그송, 『도덕과 종교의 두 원천』, 박종원 옮김, 아카넷, 2015

30) 토머스 루이스, 패리 애미니, 리처드 래넌, 『사랑을 위한 과학』, 김한영 옮김, 사이언스북스, 2001에서 재인용

31) 에드나 세인트 빈센트 밀레이, 『죽음의 엘레지』, 최승자 옮김, 인다, 2017